LA FILLE DE LAKE PLACID

Marie Charrel est journaliste au *Monde*, où elle suit la macroéconomie internationale. Elle est l'autrice de plusieurs romans, dont *Les Danseurs de l'aube* et *Les Mangeurs de nuit* (L'Observatoire), notamment couronné en 2023 du prix France Bleu-*Page des libraires*, du prix *Ouest-France*-Étonnants Voyageurs et du prix Cazes-Brasserie Lipp, ainsi que *Nous sommes faits d'orage* (Les Léonides, 2025).

Paru au Livre de Poche :

LES DANSEURS DE L'AUBE

LES MANGEURS DE NUIT

QUI A PEUR DES VIEILLES ?

MARIE CHARREL

Ouvrage publié avec la collaboration éditoriale
d'Adeline Fleury

La Fille de Lake Placid

ÉDITIONS LES PÉRÉGRINES

ISBN : 978-2-253-25181-1 – 1re publication LGF

La Fille de Lake Placid est une œuvre de fiction inspirée de faits biographiques. Dans ces pages, Lana Del Rey et Joan Baez sont devenues mes personnages.

Peindre est une affaire de lumière et cette fille-là capte les éclats de soleil comme aucune autre créature terrestre. L'astre du jour dessine des cascades d'or dans sa chevelure et sème des paillettes sur le rebondi de ses joues. Des clartés étranges flottent autour de ses courbes.

Peindre est une affaire d'ombre et derrière chacun de ses sourires la nuit est aux aguets. Cette fille-là vibre d'une mélancolie douloureuse et d'une sérénité douce à la fois, équilibre instable offrant une matière folle à l'artiste. Capter ce vertige sera sa quête. Par où commencer ? Chaque œuvre est un nouveau monde à bâtir. Un défi exigeant de ne jamais rien tenir pour acquis.

Elle redresse le panneau de bois – elle a abandonné les toiles il y a quelque temps déjà –, ferme les yeux pour laisser la douceur aurorale entrer en elle. Il s'agit de voir ce qui est et ce qui n'est pas. De se mesurer à l'invisible : elle apprend encore, même à soixante-dix-huit ans passés. Ses autres vies lui ont enseigné que créer exige de se mettre en danger.

Elle ajuste le chevalet sur le sol instable, pose des touches de marron, blanc, vert sur le bois, puis balaie l'ensemble d'un large coup de brosse. Elle débute par le fond sans s'encombrer des détails foisonnants du jardin – hibiscus rouge-cœur, bougainvilliers affolants de générosité, cactus s'élançant vers le ciel. Leur folie l'appelle, mais elle a d'autres projets. Elle ne fait pas de croquis préparatoire, jamais. Parce qu'elle a peur de l'échec, elle s'en remet à l'instinct, et celui-ci lui souffle que quelque chose est en trop.

Elle attrape un chiffon, le lance à son modèle : « Le maquillage, efface. »

Celle-ci obéit, frotte le coin de ses paupières pour ôter le trait d'eyeliner obscurcissant son regard. Elle la toise un instant de ses yeux noisette, avec défi. Les mondes qu'elle porte en elle fascinent et attirent l'artiste. Elle est l'une de ces voyageuses de passage que cette dernière accepte parfois d'accueillir dans le refuge qu'elle s'est bâti loin des villes, là où pulse le sang de la terre. Quelque chose est encore en trop : elle lui jette un élastique, lui fait signe de nouer sa chevelure striée de bronze.

Voilà.

Peindre est une affaire de couleur et, cette fois, l'équilibre est parfait. Or de l'aube. Pourpre de la nuit retirant sa traîne. Émeraude de la végétation. Le modèle frémit ; déesse forte et douce, petite fille altière. Le vent matutinal se glisse sous sa robe légère, caresse son dos, embrasse son nombril comme une douche fraîche d'été. Elle lutte une seconde contre l'exultation montant en elle, puis se laisse envahir. Elle qui le plus souvent est incapable d'habiter l'époque est ici, maintenant, ancrée dans l'instant. Sans passé, ni avenir : juste une gamine heureuse de poser pour une géante.

Autour d'elles, le jardin prend son souffle avant la chaleur écrasante de la journée. Les fourmis tètent la rosée de la nuit accrochée aux herbes hautes. Les fleurs se redressent, jettent des sorts à l'azur. Le frémissement des ailes d'un oiseau brasse l'air embaumé de jasmin. Tous les chemins s'offrent aux deux femmes.

L'artiste fronce les sourcils, concentrée. Ne pas s'éparpiller. Saisir l'essentiel. Le modèle bat des paupières, une minute ailleurs, car quelques mots lui viennent à l'esprit : *Sois l'œuvre du souffle sacré. Sois l'âme que le monde habite.*

Ces phrases sont les siennes. Elle ne les a pas seulement écrites : elle les vit. Elles sont sa chair, ses soupirs, ses rêves. Sa substance. Seuls ceux qui la connaissent vraiment savent qu'elle n'est pas une poupée factice, pas la chanteuse que certains prennent encore pour une créature forgée par les satrapes du marketing, une étoile éphémère et creuse. Non, elle est poétesse.

Je suis née avec dans mon âme un petit morceau de paradis
Comme un phénix une traînée blanche dans le ciel une longueur d'onde que personne ne vient chercher

Une poétesse avant d'être une musicienne. De la même façon, la femme qui se tient en face d'elle est aujourd'hui peintre avant d'être chanteuse et bien plus encore ; une créatrice aux identités multiples, sans limites, au-delà des étiquettes. Libre comme une fille du vent. Rien ne les unit plus que cela : la liberté. Alors, malgré leurs dissemblances, elles se sont reconnues et ont choisi de partager cet instant d'art ensemble. Elle, la princesse pop-rock sensuelle sacrée par YouTube, objet de tous les fantasmes. Incomprise. Et elle, la militante saltimbanque, égérie du folk aux pieds nus, infatigable. À cette seconde : deux sœurs.

2019, Californie

Chaque matin, elle plonge dans le lac avant le lever du soleil. Elle ne peut commencer une journée sans avoir délié ses muscles dans l'eau fraîche, nagé jusqu'à ce que son esprit se vide de toute pensée autre que celles se résumant aux sensations de son corps : les algues caressant ses orteils près du rivage, le courant un peu plus chaud à l'endroit où la rivière épouse le lac, la coordination des bras et des jambes. Cet état méditatif la ressource en profondeur. C'est là, dans l'eau, que l'inspiration naît.

Tout près, la forêt s'étire jusqu'à l'horizon. Les champs ondulent sous la brise du ciel. L'été joue les prolongations. La veille, l'orage a cogné la terre un peu avant minuit et la végétation ensommeillée est encore alourdie des parfums de la nuit, de l'humus déjà chauffé par le soleil, des effluves fauves échappés de la ferme. Autour du lac, la frondaison des arbres offre son ombre aux animaux. Bientôt, elle se parera des couleurs chatoyantes de l'automne. À droite, un nuage de poussière s'élève au-dessus des cimes. Dans le ranch voisin, les chevaux courent depuis l'aurore.

Cinquante ans qu'elle vit là et chaque matin, tandis qu'elle immerge son corps, elle mesure sa chance. Malgré son âge, sa brasse est puissante. Son corps athlétique. Les nuits de pleine lune, elle sort marcher seule autour de la maison, s'allonge sur le tapis de feuilles. Étudie le liseré lustral que la lumière douce dessine sur les crêtes, la façon dont sa délicatesse baigne la végétation, éveillant les mystères anciens. Ceux qui se dessinent sur certains visages choisis par les dieux. *Voilà ce que je dois mettre dans ma peinture.* Elle ignore encore comment s'y prendre.

— Joan ?

Parfois, elle s'en veut. Elle consacre la plupart de ses journées à ses toiles. Elle qui a voyagé partout dans le monde, Vietnam, Mexique, Afrique du Sud, Royaume-Uni, France, n'a plus envie d'aller nulle part, ou alors au bout de la route, pour dîner dans ce restaurant local qu'elle aime tant, avant la ville, ou dans le club afro-caribéen tout près, pour danser. Elle a rencontré suffisamment de personnes au cours de sa vie. Rester ici lui convient. Et puis, il y a tant à faire à la ferme : vingt-cinq poules, un cochon d'Inde, un lapin, cinq chiens, toute une ménagerie dont il faut s'occuper. Son assistante, Hannah, vit sur l'exploitation avec elle, d'autres les rejoignent en journée ; ils sont un groupe d'amoureux de la nature, heureux de profiter d'un endroit tel que celui-ci jour après jour. Conscients de faire partie des bénis.

— Joan !

— Merde, quoi ?

Elle déteste être interrompue pendant qu'elle nage. Elle ne demande pas grand-chose, pourtant : une heure pour elle seule, son rendez-vous quotidien avec le lac, sans lequel elle ne trouve plus la force. Ils le savent, tous. Pour quel motif ose-t-on la déranger ?

— Un coup de fil pour toi, annonce Hannah, avançant vers elle avec une serviette. Je pense que tu devrais le prendre.

— Si c'est encore pour un concert de charité, renvoie-les vers la maison de disques.

— C'est autre chose et c'est bien plus fou encore : Lana Del Rey.

— Lana qui ?

Elle prend son temps pour sortir. Attrape la serviette tendue par Hannah, frotte ses cheveux gris qu'elle porte courts depuis des années, enfile une chemise blanche en lin sans prendre la peine d'ôter son maillot de bain humide.

— Le téléphone est dans la cuisine, indique Hannah.

À l'intérieur, Joan se sert un verre de citronnade fraîche, le plaque contre son front, attrape le portable. Longuement, elle écoute les arguments de son interlocutrice. Son agacement ne retombe pas : à cet instant elle devrait être encore dans l'eau, au lieu de quoi la voilà assommée des paroles confuses d'une starlette groupie.

— Non.

Elle raccroche sans un mot d'explication. À son âge, elle n'a plus à se justifier, à s'excuser, son temps est précieux. Elle abandonne le téléphone et rejoint son atelier.

Plus tard, à l'heure du dîner, Gabriel la sermonne :

— Tu aurais au moins pu l'écouter jusqu'au bout.

En matière de musique, l'avis de son fils est l'un des seuls qui comptent. Il a étudié auprès des grands maîtres percussionnistes en Afrique et l'a accompagnée lors de sa dernière tournée. Ils partagent la même inclination pour l'authentique. Le sens de la mesure et le respect du silence, c'est-à-dire ces espaces aménagés entre les notes sans lesquels aucun morceau ne respire. Les mauvais musiciens en ont peur. Ils préfèrent la saturation, convaincus à tort qu'elle est synonyme de créativité.

— Qu'est-ce que tu sais d'elle ? l'interroge Joan, dans un murmure.

— Une fille plus complexe qu'elle en a l'air. Une vraie puissance. Ses textes ont quelque chose. Pourquoi tu ne la reçois pas ici, pour te faire une idée ? Ça n'engage à rien. Et qui sait : vous pourriez vous entendre.

— Mmm, maugrée-t-elle, dubitative.

À la nuit tombée, durant son inspection quotidienne de la ferme, elle repense à cet échange. Les chiens ont été nourris. Les poules somnolent. La plupart sont vieilles, plus de huit ans déjà, mais elles produisent encore suffisamment d'œufs pour leur permettre de ne jamais avoir à en acheter. Faire venir une étrangère ici, dans son refuge : l'idée ne l'enthousiasme guère. Mais « ses textes ont quelque chose », a dit Gabriel. Elle s'est toujours attachée à cela en premier lieu : les paroles. C'est parce que leur sens est fort qu'un morceau est bon. Sans cela, il n'est que distraction.

Elle sort son smartphone de sa poche et dicte un message à l'attention d'Hannah : « OK pour Lana Del Rey. Rappelle-la demain. »

Au moment où elle l'envoie, un hurlement déchire le calme de la forêt assoupie. Ici, les loups ne sont jamais loin.

1996, Lake Placid

— Ne t'enfonce jamais seule dans les bois, Elizabeth : en ville, on raconte que les loups rôdent.

La fillette hausse les épaules puis acquiesce avec un peu trop d'empressement. Sa mère cherche à lui faire peur pour l'empêcher de jouer seule derrière la maison, mais en vérité les loups ont déserté la région depuis longtemps. Elle le sait : la forêt est son royaume. Elle y court dès que l'école s'achève, tout comme le samedi matin et le dimanche midi, lorsque ses parents reçoivent leurs amis pour leur barbecue hebdomadaire et oublient quelques instants de garder l'œil sur elle. *C'est une petite fille sage. Elle joue à la poupée dans sa chambre.*

Elizabeth ne joue pas à la poupée et, comme tous les enfants, elle n'est pas vraiment sage. Elle n'aime rien tant que marcher dans les bois. Sentir le soleil chauffer sa peau à travers le feuillage. Guetter ses rayons jetant leurs paillettes mordorées à travers la canopée. Étudier la mousse gorgée de rosée où chaque goutte d'eau dissimule un univers. Marcher près du lac. Sa présence la rassure, sans qu'elle ait besoin d'y pénétrer.

Dès qu'elle le peut, elle gagne les tourbières, teste jusqu'où ses pieds s'enfoncent dans la fange spongieuse. Elle s'allonge sous un orme et se concentre sur l'odeur puissante de la terre humide, le chant des parulines masquées, la dispute des corneilles et, au loin, la rumeur de la circulation automobile rappelant que les hommes sont partout. Elle laisse la forêt entrer en elle pour y dissiper son angoisse.

Elle sait qu'ici les monstres sont d'une nature différente de ceux des villes. Ils ne sont pas moins cruels, mais plus francs et brutaux. Plus honnêtes. Alors elle les cherche. Dans la forêt, elle quête des monstres grands et forts pour en faire ses alliés. Elle écoute leurs murmures. Guette les signes. Eux seuls sauront étouffer le cri qui, déjà, remonte dans sa poitrine par vagues, sans qu'elle comprenne exactement d'où il vient.

— Même les êtres de lumière dissimulent en eux des mondes noirs.

Elizabeth sursaute. Elle n'a pas entendu Parker approcher.

— Tu es là, toi ? Parfois, tu parles comme mon grand-père. Et tu fais si peu de bruit !

Ils éclatent de rire, se jettent dans les bras l'un de l'autre.

— Qui te dit que je n'ai pas le même âge que lui ? Les gens imaginent toujours que nous, les nains, sommes d'éternels enfants. Si ça se trouve, je n'ai pas dix ans, mais quatre-vingt-dix !

— Tu n'as pas de cheveux blancs, ni de rides, je te signale.

Le garçon passe la main dans ses boucles brunes en bataille, la toise de son regard bleu océan puis se dresse sur la pointe des pieds pour se grandir. Elizabeth éclate à nouveau de rire, ose une question :

— Est-ce que tes parents étaient petits, eux aussi ?

— Tu veux dire : nains ? Tu sais bien que je suis une créature des bois, Elizabeth, je n'ai pas de parents.

Chaque fois qu'elle l'interroge sur sa vie, sur les raisons pour lesquelles il connaît un nombre infini de choses à propos d'une incroyable variété de sujets sans avoir fréquenté l'école, Parker se défile. Il ne parle jamais de lui, ni d'où il vient. Peut-être loge-t-il dans le campement de circassiens, installé non loin de la ville. Peut-être est-il orphelin. Quelle que soit la raison, il refuse de se confier à son amie.

— Est-ce que tu as déjà observé un nid d'aigle royal, ma petite étoile ?

Elle aime qu'il l'appelle ainsi. Elle n'a pas la moindre idée de ce à quoi ressemble un tel nid.

— Et toi, mon petit héron, est-ce que tu as déjà vu les têtards sortir de leurs œufs, au printemps ?

— Des dizaines de fois. Sais-tu que, lorsqu'on les regarde bien, on voit leurs pattes pousser, puis leur queue tomber, jusqu'à ce qu'ils deviennent des grenouilles ?

Elle lui envoie une tape amicale dans l'épaule, s'allonge dans les herbes hautes de la clairière où ils ont l'habitude de se retrouver. Celle où ils se sont rencontrés, deux ans plus tôt : il ramassait des escargots, elle fabriquait des poupées de paille. Il la rejoint, pose la tête sur son ventre. Les cumulus dessinent des grappes de barbe à papa au-dessus d'eux.

— Le sculpteur de nuages a encore fait du bon travail, ce matin.

— Regarde, à droite : il y a un chien et une baleine !

— Mais non, petite étoile, ce sont un ogre mangeur de courgettes et un troll à poils gris.

Elle rit encore. Avec Parker, tout est simple. Drôle. Elle se sent elle-même. Sans masque. Pourquoi n'est-ce pas le cas avec les autres enfants ? Parfois, pourtant, elle a peur quand elle rejoint son ami. Peur qu'il s'évapore sans prévenir, au lendemain d'une nuit sans lune. Que le refuge qu'ils se sont bâti tous les deux lui soit brutalement retiré. Parce qu'il est trop vrai. Trop pur : cela le rend aussi fragile que dangereux. Parfois, encore, elle a le sentiment que rien de ce qu'ils partagent n'est réel. Qu'elle vit à l'intérieur d'un rêve dont elle a elle-même ciselé les contours.

— Ma mère doit rentrer plus tôt de la gym ce soir, je ferais mieux de me dépêcher, dit-elle, soudain inquiète.

Elle bondit, rejoint la forêt à foulées vives. Lorsqu'elle se retourne vers la clairière pour saluer Parker, le garçon s'est déjà envolé.

*

— Charlie, Caroline, Elizabeth, en voiture !

Chaque matin c'est la même course, Patricia et Robert essuient les lèvres des enfants encore humides de lait, plongent les assiettes du petit déjeuner dans le lave-vaisselle et embarquent tout le monde dans la Buick de Robert. Celui-ci dépose les petits à l'école, puis Patricia au collège où elle enseigne, avant de rejoindre l'entreprise de meubles où il travaille depuis qu'ils se sont installés à Lake Placid – mais bientôt, il fera mieux, plus grand ; il montrera à tous ce dont il est capable.

Avant de gagner la route principale, il lance l'une des cassettes qu'il écoute en boucle lorsqu'il conduit. Une compilation qu'il a constituée lui-même : Joni Mitchell, les Beach Boys, Neil Young, James Taylor. Des trois enfants, Elizabeth, l'aînée, est la seule qui écoute vraiment. Quelque chose dans ces mots la fascine, comme s'ils n'étaient adressés qu'à un cercle restreint de personnes capables de comprendre vraiment leur sens. Et dont elle ferait partie.

When I grow up to be a man
Will I dig the same things that turn me on as a kid ?
Will I look back and say that I wish I hadn't done what I did ?

clament les Beach Boys.

Elle murmure les paroles, qu'elle connaît par cœur à force de les entendre. Patricia l'encourage, elle est prise d'une étrange hystérie chaque fois que sa fille chante : « Plus fort ! Plus fort ! Chante pour nous, Elizabeth. »

Cette voix, déjà. Sublime.

La fierté de ses parents.

« Notre petite fille savait chanter avant de parler », raconte souvent Robert aux inconnus, le torse bombé de fierté. Elizabeth ignore s'il dit vrai ou s'il s'agit de l'un de ces mythes dont les familles se bercent pour se convaincre qu'elles ont quelque chose d'exceptionnel. Une histoire que les parents se complaisent à répéter à leurs amis avec un air légèrement béat, au grand dam de leurs enfants, mi-amusés, mi-gênés. Elizabeth s'en agace, mais elle est consciente de son don.

L'école Saint Agnes, qu'elle fréquente, ne s'y est pas trompée : dès le début du primaire, Elizabeth est devenue l'une des pièces maîtresses de sa chorale. Elle aime s'avancer sur l'estrade pour entamer son solo sous les yeux admiratifs des spectateurs. Elle s'y sent presque aussi bien qu'en forêt, auprès de son ami Parker. Les autres filles de sa classe sont un peu jalouses, mais ses quelques amies, Claire, Julia, Jesse, savent qu'elle n'est pas du genre à prendre les autres de haut. Elle se fiche de la lumière : elle aime chanter, c'est tout.

Elizabeth apprécie autant qu'elle déteste Saint Agnes. Tout y est contraste. La douceur de certaines sœurs face à la rugosité d'autres. L'intransigeance froide de l'enseignement, mais aussi l'ouverture sur le monde qu'une poignée de professeurs lui offrent. La versatilité des autres enfants, parfois géniaux, souvent cruels. La vie dans cet établissement religieux lui donne un avant-goût du monde, où le bien et le mal, le beau et le laid, la sensualité désirante et la chasteté aride cohabitent dans un équilibre instable.

Elle expérimente également cette complexité à la maison : amour pour sa mère lorsqu'elles chantent du gospel ensemble, haine lorsque celle-ci, certains jours, lui parle sans vraiment être là, répond « oui » à ses questions sans l'écouter, fantôme maternel d'indifférence. Amour pour son père lorsqu'il feint de la jeter jusqu'au ciel dans le jardin en riant comme un ogre, haine lorsqu'il raille les petits carnets qu'elle cache sous son matelas : « Alors, ma fille, tu nous écris le prochain Pulitzer ? »

Pas un roman, non. Pfff.

Des poèmes.

Amour et haine pour Charlie et Caroline dite « Chuck », cher petit frère, chère petite sœur, furieux démons qui s'entendent pour la faire tourner en bourrique, cacher ses figurines Dolly Pops, déposer un lézard mort sous son oreiller, se moquer d'elle lorsque Patricia et Robert ont le dos tourné : « Alors, comment vont tes amis imaginaires aujourd'hui ? »

Ils ne comprennent rien. Ils ont le cœur trop étriqué. Ils n'entendent pas le monstre qui, les nuits de lune ronde, appelle les petites filles à lui depuis le fond de la forêt. Lorsqu'elle ne les supporte plus, Elizabeth rejoint Parker. Parfois, comme ce soir, elle se glisse hors de son lit dès qu'ils sont couchés, contourne le salon où ses parents somnolent devant la télévision, file vers le garage et sort en douce.

*

Une lumière opaline clignote au loin dans la nuit, lui indiquant le chemin à suivre : c'est le signal. Parker l'attend dans la clairière, équipé d'une lampe torche.

— Sais-tu que les Japonais sont obsédés par les lucioles ? dit-il, tandis qu'elle s'installe à côté de lui sur la couverture qu'il a étendue pour eux. Pendant longtemps, l'un de leurs passe-temps favoris fut même de chasser ces bestioles : ils appelaient ça le *hotaru-gari*. La chasse aux lucioles. Mais aujourd'hui, il n'en reste presque plus. La pollution les asphyxie, et tout le monde s'en fout.

— Comment sais-tu toutes ces choses à propos du Japon ?

— J'ai lu un livre sur le sujet. Regarde, là-haut, dit-il en désignant la voûte céleste. (Il éteint la lampe torche, s'allonge.) La plupart des villes sont aujourd'hui si éclairées que l'on ne peut plus y admirer ce spectacle. Tu vois ces étoiles qui forment une casserole ? C'est la Grande Ourse. L'autre gamelle, de ce côté, c'est la Petite Ourse.

Elizabeth plisse les yeux puis les ouvre grands, jusqu'à ce que la Voie lactée l'engloutisse tout entière. Elle devient une petite étoile parmi des milliers d'autres, bercée par le chant de l'infini, reliée au commencement du monde et à sa fin par une vibration unique et profonde. Ses sens sont aux aguets. Exacerbés. Elle voit tout. Elle sent tout : l'humidité remontant du sol pour imbiber doucement son jean, la chaleur émanant du corps de Parker tout près du sien, la caresse de la brise nocturne sur ses cheveux. Elle entend : le feulement d'un lynx roux sortant du sommeil à quelques centaines de mètres, les grattements d'un rongeur au pied d'un épicéa derrière eux et, plus loin, le doux coassement des grenouilles du marais, discret comme un chœur antique.

Sur l'étendue de leur prairie-refuge, elle se sent à la fois à nu et protégée. À vif. Plus vraie. Parker la voit telle qu'elle est vraiment, sombre, obsédée par les monstres surgissant dans le noir, vibrant déjà d'un désir dont elle ignore le nom. Mais aussi gonflée d'espoir. Consciente de ce qui sera à sa portée, pour peu qu'elle s'en donne la peine.

— Ne les laisse jamais te dire ce dont tu es capable ou pas, souffle soudain son ami, comme s'il devinait ses pensées.

— Tu seras toujours là pour me le rappeler.

Elle s'approche de lui, pose la tête sur son bras. Et s'assoupit presque aussitôt.

Les couleurs pâles de l'aube se lèvent à l'horizon lorsqu'ils se réveillent. Elizabeth revient doucement à elle. Elle remue ses membres engourdis, s'étire maladroitement. Elle tâte son tee-shirt imbibé de la rosée du matin, secoue Parker :

— On s'est endormis ! Je dois absolument rentrer avant que mes parents se lèvent !

Son compagnon se redresse d'un bond, attrape sa main.

— Suis-moi, je connais un raccourci pour te ramener chez toi.

Ils courent à travers les bois, suivant une sente non balisée envahie par les ronces. Les épines s'accrochent à leurs vêtements, déchirent leur pantalon, ralentissent leur course, mais Elizabeth n'en a cure. Elle tremble : si Robert et Patricia découvrent ses escapades, elle ne pourra plus rejoindre la forêt quand bon lui chante.

Ils dévalent une pente raide, manquent de tomber plusieurs fois, s'aident lorsque l'autre vacille. En dépit de sa petite taille, Parker est aussi rapide qu'elle. Les arbres se font de plus en plus denses. La luminosité baisse à mesure qu'ils avancent.

— Tu es sûr que c'est par là ?

— Fais-moi confiance.

Ils se heurtent à un épais massif de thuyas. Parker tombe à quatre pattes, déniche un espace où se faufiler près de la terre, se retourne pour tendre la main à son amie.

— Si je peux passer, tu peux aussi.

Elle se glisse tant bien que mal, découvre avec soulagement qu'ils ont atterri à l'orée du quartier où elle habite, ce coin de banlieue où les maisons, toutes identiques, s'alignent sur des centaines de mètres. Seuls ceux qui vivent là savent les distinguer grâce à d'infimes détails : la couleur des rideaux derrière les fenêtres des chambres, le portique d'une balançoire se devinant dans le jardin, le violet de quelques agapanthes audacieuses s'échappant des clôtures.

— Tu avais raison, c'est un sacré raccourci !

Ils s'assoient un instant sur le trottoir pour reprendre leur souffle et remettre leurs vêtements en ordre. Elle jette un coup d'œil à sa montre : il est six heures passées. Le réveil de Robert sonne à 6 h 20 : Elizabeth aura le temps de filer dans sa chambre avant qu'il ne sorte du lit. Elle lâche un petit rire nerveux. Jusqu'ici, elle n'avait jamais dormi hors de la maison. L'idée que ses parents n'en sachent rien lui plaît. Elle a déjà le goût de l'interdit.

Un cri la tire de ses pensées, ou plutôt une plainte, longue et douloureuse, animale. Elizabeth scrute les environs à la recherche d'un chat ou d'un renard blessé sur la chaussée. Son regard tombe sur une paire de pieds nus. Blancs, minuscules, si bien qu'elle pense d'abord qu'ils appartiennent à un enfant. Mais non : ce sont ceux d'une femme errant là, entièrement dévêtue, peau diaphane presque translucide. Cadavérique. Les deux enfants se figent. Est-ce une apparition, un fantôme ? La dame blanche des films d'horreur ? Des veines bleues dessinent un réseau de rivières obscures sur son ventre laiteux, ses seins, ses cuisses. Sa bouche est barbouillée de rouge écarlate, comme si elle venait de se gaver de fruits rouges – à moins qu'il ne s'agisse de sang.

— Oui, murmure Parker. C'est du sang.

Ses paroles attirent l'attention de la créature qui, désormais, se dirige vers eux, titubante et spectrale. Elizabeth ferme un instant les paupières, comme si cela pouvait la faire disparaître. Elle attrape la main de Parker et la serre fort. Il est aussi tétanisé qu'elle par cette vision. Aucun d'eux n'avait vu de femme nue auparavant. Aucun d'eux n'ose poser les yeux sur la toison noire à la naissance de ses cuisses. La femme gémit et le son s'échappant de ses lèvres les transperce. « Wwww, www, www », souffle-t-elle.

Parker se lève et recule d'un pas. Elizabeth n'a jamais vu son ami comme cela : livide. Épouvanté. « *Why* », articule enfin la femme nue. « *Why are we here ? Why are we here ?* » Pourquoi sommes-nous là ?

Elle se détourne soudain des enfants et poursuit son chemin, corps d'opale luisant dans la lueur du matin, à la fois sublime et terrifiant. Irréel. Ils la regardent longtemps s'éloigner, jusqu'à ce qu'Elizabeth se souvienne qu'elle doit rentrer avant le lever de ses parents. Comme à son habitude, Parker s'est volatilisé lorsqu'elle revient à elle. Elle se redresse, chancelante, rejoint la rue menant à sa maison en longeant les arbres. Quelque chose en elle s'est brisé. Un pressentiment la traverse : elle vient de rencontrer le monstre des villes qu'elle cherchait à fuir en se réfugiant auprès de ceux de la forêt. Ou, plus exactement, sa victime. Désormais, plus rien ne sera comme avant. Les paroles de la femme aux lèvres de sang, la dame écarlate, résonnent en elle comme un chant funèbre. *Why are we here ? Why are we here ?*

2019, Californie

— Que faites-vous là ?

Joan recule d'un pas, feignant l'étonnement, comme si le rendez-vous avec Lana Del Rey lui était sorti de la tête. En vérité, elle est nerveuse depuis l'aube. La perspective de cette rencontre a gâché le plaisir de sa baignade matinale.

— Entrez, invite Hannah derrière elle, chaleureuse pour deux.

Lana avance de quelques pas hésitants. Joan recule encore, se réfugie près du frigo tapissé de lettres de fans, intimidée, afin d'étudier la nouvelle venue. Elle l'imaginait plus grande. Elle n'en est pas moins impressionnante. Lana n'est plus tout à fait la jeune fille filiforme dont les photos circulent sur Internet, mais elle a la même chevelure saupoudrée de cuivre et cette bouche au rebondi indécent. Il y a en elle quelque chose d'électrique, une tension aussi attirante qu'effrayante. Une grâce à rendre fou, malgré le simple tee-shirt blanc et le jean noir à peine moulant qu'elle porte aujourd'hui.

Joan connaît le prix d'une telle beauté. Le poids des regards. Les murs à abattre, trois fois plus épais que pour les autres, les montagnes à franchir pour faire ses preuves. Celle de Lana lui inspire autant d'empathie que de dégoût. Ces lèvres si pulpeuses sont-elles seulement naturelles ?

— Installez-vous, dit Hannah, lui indiquant une chaise. Je lance un café et je vous laisse toutes les deux.

Une telle créature doit se battre deux fois plus qu'un homme pour asseoir sa crédibilité d'artiste. Voilà pourquoi Lana est venue ici, à la ferme, songe Joan. Pour bénéficier un peu de son aura. Combien de fois durant sa carrière, surtout au début, a-t-elle compris après coup qu'un mouvement ou une organisation ne l'avait invitée que pour tirer profit de sa notoriété militante ?

Lorsque Lana commence à parler, Joan lui prête à peine attention.

— Merci de me recevoir, madame Baez. Puis-je vous appeler Joan ?

Celle-ci acquiesce vaguement, perdue dans ses pensées. Lana inspire profondément. Depuis combien de temps n'a-t-elle pas été dans la position de celle qui doit convaincre ? Au tout début de sa carrière elle parlait trop, répondait à toutes les demandes d'interviews et à toutes les questions parce que c'était ainsi qu'on l'aimerait, imaginait-elle. Elle n'avait pas tardé à en payer le prix : on disséqua sa vie privée. On la mit en pièces. Alors, au fil des ans, elle apprit à se mettre en retrait. À se dissimuler derrière son personnage de femme fatale. À ne plus répondre aux journalistes. Sa parole devint rare, contribuant à forger le mythe.

En privé aussi, à l'exception de son cercle d'amis proches, avec qui elle partage ses sarcasmes et le regard acide qu'elle pose sur le monde, elle est passée maîtresse dans l'art de se dérober aux questions indiscrètes brûlant les lèvres de ceux qu'elle croise. Elle connaît les trucs pour se défiler sans en avoir l'air : d'abord elle se tait, puis elle devient celle qui interroge. Sans relâche, avec une curiosité non feinte, elle sonde les amis d'amis et copains de la famille curieux de la rencontrer sur leur vie, leurs passions, leurs rêves. Ils s'étonnent de découvrir que Lana Del Rey n'est pas la princesse inaccessible qu'ils imaginaient, mais une fille simple, ouverte, *c'est fou ce qu'on a discuté*. La plupart du temps elle ne dit rien d'elle, mais les gens sont naturellement enclins à prendre leur monologue pour un échange. Poser des questions est sa façon à elle de se protéger.

— Depuis combien de temps vivez-vous dans cette ferme ? demande-t-elle.

— J'ai cessé de compter les années.

— Vous avez beaucoup d'animaux ?

— Oui.

— Vous êtes nombreux à vous en occuper ?

— Oui.

— Les concerts, la route : cela ne vous manque pas ?

— Non, soupire Joan, sans dissimuler son agacement. Vous êtes venue me parler de la pluie et du beau temps ?

Lana se redresse sur sa chaise, décontenancée.

— Voilà, commence-t-elle. Le 6 octobre, je donne un concert au Greek Theatre de Berkeley. J'aimerais qu'il soit un peu spécial. Parce que c'est un endroit spécial, n'est-ce pas ? La Californie ! Ou plutôt San Francisco et tout ce que cette ville symbolise. Et puis vous, surtout : quand j'ai appris que vous viviez tout près, il fallait que je vienne. Que je tente de vous convaincre de monter sur scène avec moi, pour tout ce que vous représentez ; j'aimerais que mon public vous découvre, comme je vous ai découverte il y a des années grâce à une personne chère à mon cœur.

Elle avale une gorgée du café préparé par Hannah, se brûle la langue, dissimule sa douleur derrière un sourire crispé. Puis reprend :

— Et puis, je crois que nous partageons un regard, oui, une vision de tout ce qui ne va pas en Amérique, ces rêves détruits que l'on cultive encore malgré soi parce que l'on aime ce pays et que cet amour fait mal ; il y a cela aussi dans vos textes, n'est-ce pas ? Je…

Lana s'interrompt pour reprendre son souffle et regrette aussitôt ses paroles. Elle était censée poser les questions, non déblatérer d'interminables banalités. Cette fille à la logorrhée intarissable ne lui ressemble pas et elle ne plaît pas à Joan, à en juger par son visage froissé.

Un grattement derrière la porte, suivi d'un aboiement joyeux, la tire de ses pensées : Ginger, le bouvier des Flandres de la reine du folk, réclame sa promenade matinale.

— C'est non, dit Joan, repoussant son café sans même y tremper les lèvres.

— Oh. Non ? C'est que…

— Non. Merci d'être venue. Hannah va vous raccompagner.

Joan quitte la pièce et sort sans se retourner, lasse. Elle descend la colline à pas vifs pour se retirer dans son cabanon. Son refuge. Il est trop petit pour être un véritable atelier d'artiste, la plupart de ses amis s'y sentent vite à l'étroit. Mais l'espace restreint lui importe peu. Elle case son chevalet dans un coin et observe la forêt de chênes derrière la fenêtre. Cela suffit à son bonheur : les arbres, quelques tubes de peinture, le petit frigo vert pâle où elle ne conserve jamais de nourriture, juste de l'eau ou de la citronnade, parfois du café froid ramené de la maison qu'elle réchauffe dans le micro-ondes posé sur une petite étagère.

Elle se laisse tomber dans le fauteuil, tente de chasser Lana Del Rey de ses pensées. *Cette bouche rouge sang. Ces courbes.* Elle n'a guère écouté son monologue, mais elle a remarqué une légère dissymétrie sur son visage, imperceptible pour la plupart des gens. Précisément le genre de détail qu'elle recherche pour ses tableaux : la beauté dans l'imperfection. Pourquoi Lana Del Rey est-elle venue jusqu'ici ? N'aurait-elle pas pu charger son agent de transmettre sa demande ?

Il est 21 heures passées lorsque Joan reparaît dans la maison. Ils sont à table depuis un moment : Hannah, son compagnon, Derek, et Gabriel, de passage entre deux concerts. Un plat de pommes de terre à la crème trône sur la table, accompagné de salade et de quelques carottes. Une faim de loup lui déchire les entrailles. Elle s'assoit, se sert copieusement. Son fils la regarde en souriant :

— Tu manges toujours comme dix lorsque l'inspiration te vient. Tu travailles sur une nouvelle toile ?

Elle élude la question d'un geste pour signifier qu'elle ne peut pas parler la bouche pleine, s'efforce de sourire. En vérité, elle est terrifiée. Depuis quelque temps, l'inspiration lui tourne le dos. Elle s'est fixé pour ligne de peindre uniquement des portraits de personnes qu'elle aime ou a aimées, des amis, des artistes, des gens du coin pour qui elle se prend d'affection. C'est ainsi, elle ne peut pas créer sans amour. Et le cercle de ceux qu'elle aime est immense. Pourtant, plus rien ne vient lorsqu'elle se tient face à son chevalet.

L'après-midi dans son atelier a filé sans qu'elle s'en aperçoive. Elle a observé les chênes au-dehors, longtemps. Fait le vide dans ses pensées, jusqu'à ce que le temps lui échappe. Elle n'a pas écrit de chanson depuis plus de trente ans, mais elle était convaincue que jamais le vertige de la page blanche ne la rattraperait face à une toile. Et si elle avait tort ? Et si elle n'était plus capable de réaliser le moindre portrait ?

La nausée lui noue l'estomac mais elle se force à manger, pour ne pas inquiéter Gabriel et les autres. Ils sont si heureux qu'elle ait entamé une carrière de peintre sur le tard. Si impatients de découvrir sa prochaine œuvre. L'idée de les décevoir lui est insupportable.

— Elle a laissé ça pour toi.

Elle ne comprend pas immédiatement de qui parle Hannah, qui lui tend un carnet noir. Sur la page de garde, il est écrit : *Violette sur l'herbe à la renverse*. Elle le feuillette un instant : les pages sont recouvertes de textes manuscrits ou tapés à la machine, de photos soigneusement collées – un portrait de petite fille en noir et blanc, un château d'eau, un port, une rue de banlieue californienne à l'aube. Son regard tombe sur une phrase au hasard : *Je crois que les artistes doivent vivre légèrement au-dessus d'eux-mêmes s'ils veulent parvenir à transmettre un morceau du paradis.*

— Des poèmes. Ils sont de Lana. Elle a dit qu'ils te feraient peut-être changer d'avis.

2000, Lake Placid

Sa première bouteille est un Ardbeg, dix ans d'âge. Elle la porte à ses lèvres. La tourbe lui brûle l'estomac. Elle recrache aussitôt le whisky dans la corbeille à papier. Après quelques minutes, elle avale une nouvelle gorgée. Elizabeth est cachée dans le bureau de son père, encombré de livres, dossiers soigneusement rangés dans des pochettes colorées, et agrémenté d'un coffre où il range ses alcools de collection.

C'est là qu'elle vient de piocher l'Ardbeg : les lettres blanches sur fond noir de l'étiquette lui ont plu, c'est un critère de choix comme un autre. Ses parents reçoivent à dîner en bas, dans le salon. La plupart des invités sont déjà ivres. Les enfants sont censés finir leurs devoirs dans leur chambre et se coucher tôt avec un livre. Personne n'a remarqué que la jeune fille a quitté la sienne.

Une troisième gorgée. Une quatrième.

Tourbe, nausée.

L'eau-de-vie jette un léger flou sur son esprit et, presque instantanément, les angoisses oppressant sa poitrine relâchent un peu leur emprise. Elle s'affale dans le fauteuil de son père. Sourit. Pour la première fois depuis longtemps, elle se sent bien. Apaisée, ou quelque chose s'en approchant. Pendant une poignée de secondes, elle pense un peu moins à Parker, qu'elle n'a plus jamais revu depuis le matin maudit où ils ont croisé la dame écarlate, quatre ans plus tôt. Le lendemain et les jours suivants, elle l'avait attendu en vain dans la clairière. Son cauchemar avait pris corps. Pourquoi s'était-il volatilisé sans lui donner de nouvelles ? Et si, en rentrant chez lui après leur folle cavalcade dans les ronces, il était tombé dans un trou, s'était blessé sans pouvoir appeler à l'aide ? Personne n'aurait pu le retrouver. Et si Parker était mort par sa faute ? Ce jour-là, les abysses se sont ouverts sous ses pieds et, depuis, les questions l'accablent. Pourquoi sommes-nous là ? Pourquoi meurt-on ? Quelles traces laisse-t-on sur Terre lorsque tout le monde nous a oublié ?

Le lendemain, pendant que Patricia et Robert partent au centre commercial pour ravitailler le garde-manger, elle se faufile de nouveau dans le bureau paternel. Ouvre une autre bouteille au hasard – du Midleton, cette fois –, se laisse glisser dans la torpeur de l'ivresse. Délivrance. Légèreté. Évidence. Pourquoi n'a-t-elle pas essayé plus tôt ?

L'alcool devient sa meilleure amie. Le remède dissipant ses angoisses. Pour que Robert ne remarque pas que le coffre de son bureau est régulièrement visité, elle se fournit vite ailleurs. Achète avec son argent de poche de la piquette à la station-service, peu regardante sur l'âge des clients. Chipe une ou deux des innombrables bouteilles de vin que les amis de ses parents apportent chaque samedi pour le barbecue. Ils boivent tant qu'aucun d'entre eux ne s'aperçoit qu'un peu de pinot noir ou de sauvignon disparaît régulièrement. Les adultes autour d'elle sont tous des alcooliques qui s'ignorent.

— Est-ce que ça va ? l'interroge Chuck.

Sa petite sœur a bien remarqué que quelque chose cloche chez elle. Depuis qu'elle boit, Elizabeth est plus sociable. Presque bavarde. Elle se fait de nouvelles amies.

— Bien sûr que ça va. Très bien, même. Pourquoi, tu es jalouse ?

Après les cours, Elizabeth prétend travailler à la bibliothèque avec Julia et trois nouveaux camarades venus de Cuba qu'elles aident à se mettre à jour sur les cours. Julia est pour Elizabeth ce qui se rapproche le plus d'une véritable amie : elle lui pardonne ses infidélités, convaincue qu'elle se lassera vite de ses nouvelles compagnes de jeu pour revenir à elle. Chuck sait que sa grande sœur ment et ne fréquente plus la bibliothèque, mais elle l'aime trop pour la dénoncer.

— Je ne suis pas jalouse, mais fais attention. Ces filles ont mauvaise réputation, tu sais.

Tous les soirs, Kelly, Jane, Michele et Hillary traînent sur le terrain de skate, où chacune d'elles apporte de l'alcool à tour de rôle. Elizabeth est la fournisseuse officielle du jeudi. Aucune ne dit où elle se fournit, mais les filons ne manquent pas – caves parentales, fausses cartes d'identité, coup de pouce des garçons du lycée.

Ensemble elles s'enivrent, rient fort, osent tout ce que la sobriété leur interdit : s'embrasser, draguer des gars plus âgés, piquer dans les boutiques. Auprès d'elles, Elizabeth a le sentiment de profiter enfin de son adolescence, et peu importe si le lendemain elle a oublié la moitié de leurs intrigues.

Patricia et Robert ne remarquent rien. Ses résultats scolaires sont toujours excellents, sa participation à la chorale fait leur fierté, pourquoi s'inquiéteraient-ils ? Elle est douée dans l'art d'entretenir les illusions. Il suffit de dire aux adultes ce qu'ils ont envie d'entendre. De préserver les apparences. Elizabeth n'est-elle pas une jeune fille docile et sans problème ?

— Maman, je peux aller chez Jane, samedi soir ? Ses parents seront là, nous ferons des jeux de société.

— Bien sûr, mais ne rentre pas après minuit.

Désormais elle sort tous les week-ends et ils n'y voient aucun mal. Elle connaît tous les trucs pour les flouer. Elle et ses amies s'enivrent tôt, dès 18 heures, cessent de boire à 22 h 30 – si bien qu'à minuit, lorsqu'il est temps de rentrer, elles ont presque dégrisé. *C'est un coup à prendre.* Un bonbon à la menthe suffit à dissimuler l'odeur d'alcool dans l'haleine, *tant que tu marches droit et ne parles pas trop, ils ne verront rien – surtout le samedi soir, car ils seront aussi ivres que toi.*

Elizabeth boit de plus en plus. Elle vole de l'argent dans le portefeuille de Patricia. Pique dans la tirelire cochon de Charlie. Elle craint d'être démasquée le jour où le proviseur, M. Matthews, la croise à la supérette de la station-service, sur le point d'acheter une bouteille de vodka. Il la convoque dans son bureau le lendemain matin.

Dès son arrivée, elle débite le bobard qu'elle a préparé durant la nuit à son intention :

— Cette bouteille n'est pas pour moi mais pour des garçons de terminale, nous avons fait un pari idiot avec eux, je vous jure, je n'ai jamais bu de vodka, et d'ailleurs, rien que l'odeur me donne la nausée, je…

M. Matthews l'écoute à peine. Il sue à grosses gouttes, le visage blême. Elle porte une jupe légère. Son tee-shirt transparent laisse deviner son soutien-gorge. À l'évidence, le proviseur est incapable de se concentrer sur autre chose. Elle s'en sort avec un vague avertissement :

— Je ne dis rien à tes parents, mais que cela ne se reproduise pas.

En sortant, elle court jusqu'aux toilettes et vomit. Pas seulement à cause de la vodka qu'elle et ses amies ont avalée la veille. À cause de M. Matthews, surtout. Les jeunes filles savent à quoi les hommes pensent lorsqu'ils posent les yeux sur elles, et cela la rend folle. Ils sont leurs pères, leurs oncles, leurs enseignants ; leur rôle est de les protéger, mais au lieu de cela, ils les précipitent un peu plus vite encore dans l'horreur du monde. Il suffit d'un regard un peu trop appuyé ou fuyant de leur part. Cela va parfois plus loin.

Un soir, tandis qu'elles rentraient ensemble d'une fête, Jane avait montré ses seins à un chauffeur sur la route. L'homme avait fait demi-tour pour les rejoindre, leur demandant : « Combien vous prenez ? » Elles s'étaient sauvées en courant. L'individu, qui ne les avait pas reconnues, était le père de leur amie Michele.

Une colère sourde envahit Elizabeth. Toute la nuit, elle échafaude un plan pour les venger toutes. Le lendemain, avant les cours, elle l'expose à ses amies :

— On doit donner une bonne leçon à ces types. Les humilier. Qu'ils se sentent comme ils nous font nous sentir : des moins que rien. Des merdes.

— On te suit ! s'enthousiasment les autres. À quoi tu penses, exactement ?

— Matthews. On entre dans le lycée ce soir en passant par la porte du gymnase et on planque des magazines porno dans son casier, en le laissant un peu ouvert. Cette curieuse de Mlle Dorval arrive toujours la première en salle des profs : elle les verra forcément et le répétera à tout le monde.

— Il ne risque pas d'aller en prison ?

— Pour du porno ? Non, quand même pas. On ne mettra rien d'illégal. Juste une de ces revues de vieux dégueulasses qu'on trouve à la station-service.

À la nuit tombée, elles se faufilent sans peine dans l'établissement, suivant le plan d'Elizabeth. Aucun professeur n'a remarqué que la serrure du centre sportif, la seule qui ne soit pas sécurisée, ne ferme plus depuis trois semaines. Les élèves se passent le mot et entretiennent le secret. Les terminales en profitent pour aller se bécoter dans les vestiaires pendant la pause déjeuner. Certaines filles de seconde les utilisent pour sécher le cours de sport en douce.

— Et si on se faisait pincer ? lâche soudain Hillary, tandis que Kelly, Elizabeth et elle remontent le couloir des salles de classe sur la pointe des pieds.

Kelly se fige à son tour, imitant son amie :

— C'est vrai, elle a raison, on pourrait se faire virer… Ma mère me tuerait, elle m'a déjà privée de vacances à Aspen l'hiver dernier parce que Mlle Marple m'a vue tricher en maths.

Elizabeth attrape la revue porno, lâche un soupir exaspéré :

— Vous n'auriez pas pu y penser avant ? Vous allez vraiment vous dégonfler comme ça, tout à coup, alors qu'on y est presque ?

Kelly bégaie quelques mots. Hillary regarde ses pieds en rentrant la tête dans les épaules.

— Allez, c'est bon, je m'en occupe, s'agace Elizabeth. Vous n'avez qu'à rentrer, bande de mauviettes.

Elles détalent en courant, sans argumenter. Leur couardise la déçoit, mais elle n'est guère surprise. Ces deux-là sont toujours prêtes à s'impliquer dans les mauvais coups, tant qu'elles ne sont pas en première ligne. Il lui faudra mener son plan à bien toute seule.

Une ombre attire son regard du côté des toilettes des filles au moment où elle s'apprête à grimper les escaliers. Elle se baisse machinalement, craignant que le gardien ou un enseignant terminant tardivement de corriger ses copies ne la repère. Tous les muscles de son corps se crispent. Elle attend quelques minutes. Comme personne ne se manifeste, elle suppose qu'il s'agit d'un élève entré en douce comme elle par la porte du gymnase.

Elle se détend, rejoint les toilettes en s'adressant à l'autre, à mi-voix : « Je parie que tu… »

Elle suspend sa phrase, lâche le magazine porno, soudain paralysée. Peau d'opale, veines bleutées, lèvres couleur sang : l'espace d'une seconde, ce n'est pas son propre reflet qu'elle aperçoit dans le miroir surplombant les lavabos, mais celui de la dame écarlate. Elle bat des paupières, fouille du regard l'ombre derrière elle, perd l'équilibre. Une terreur glacée tombe sur sa nuque. Elle est certaine de ce qu'elle a vu, certaine qu'elle peut se fier à ses yeux – elle est parfaitement sobre : la dame écarlate était là, dans le miroir.

Sans prendre la peine de vérifier si quelqu'un se cache dans l'une des cabines, ni d'achever ce pour quoi elle est venue, elle file vers la porte du gymnase et quitte le lycée en courant, abandonnant la revue cochonne sur le carrelage des toilettes.

Le lendemain, elle se contente de dire à Kelly et Hillary : « J'ai entendu quelqu'un en salle des profs, c'était trop risqué. On retentera dans quelques jours. » Jamais aucune d'elles n'en reparlera.

L'alcool est de moins en moins efficace pour repousser les angoisses d'Elizabeth. Son organisme s'accoutume. Parfois, elle se surprend à quitter les filles du parc parce qu'elle ne supporte plus leurs enfantillages et provocations faciles. Elles sont aussi bêtes que les garçons qu'elles mènent par le bout du nez. *Si tu m'achètes ce mascara, j'accepte de te suivre aux toilettes.* Elles ne réfléchissent pas à ce qu'elles feront de leur vie, une fois leurs études terminées. À la futilité de leur quotidien. À ce qu'on dira d'elles sur leur lit de mort. *Why are we here ?*

— Tu es devenue la fille que tout le lycée s'arrache, remarque Chuck. Tu peux m'apprendre à être populaire ?

— Dégage, tu ne pourras jamais devenir comme moi.

Elle préfère rejeter sa petite sœur plutôt que la voir rejoindre leur bande. Elle pressent déjà que l'alcool finira par lui faire faux bond. Que l'alacrité et le succès qu'il lui procure ne sont qu'illusion.

Un samedi soir, elle décline l'invitation à la fête d'Hillary et s'enferme dans sa chambre, prétextant qu'elle doit travailler sur une dissertation. À deux heures du matin, lorsque Patricia et Robert sont couchés, elle entre dans le bureau, ouvre le coffre, attrape une bouteille d'Ardbeg, son vieux copain. En avale une longue gorgée. Tourbe. Vertige. Torpeur. Le whisky brûle sa gorge, elle laisse échapper un petit gloussement, boit encore un peu. Se tourne vers les livres encombrant la bibliothèque de son père. Beaucoup lui ont été offerts. Robert les conserve comme un trophée, une preuve de sa culture ; il suffit pourtant de se pencher sur les couvertures empoussiérées pour constater qu'aucun de ces ouvrages n'a jamais été lu.

Elle en attrape un au hasard, se cale contre le mur avec la bouteille, lit quelques mots :

Mes hurlements au milieu des éclairs, du vent qui rage, quel est leur sens ?

Je veux boire plus profond qu'aucun homme aux délires mystiques !

Tendres et sauvages douleurs !

Elle referme le livre précipitamment, le jette par terre. Soudain la pièce tourne autour d'elle, le monde s'ouvre sous ses pieds : est-ce l'Ardbeg ou la folie qui déjà la guette ? Est-ce l'esprit de la dame écarlate revenu la hanter ou un démon plus puissant encore ? Elle ramasse le recueil. Il est de Walt Whitman, le poète. L'évidence l'enveloppe soudain comme un soulagement : la poésie, bien sûr ! Elle seule est capable de fournir les réponses aux questions impossibles qui la torturent, celles que même l'alcool échoue désormais à apaiser. Elle ouvre à nouveau le livre, reprend une gorgée de whisky.

Avoir envie d'invérifiable ! de transes !

Inexorablement fuir les ancres, les attaches !

Foncer libre ! aimer libre ! intrépide et casse-cou aller de l'avant !

Flirter avec la mort par provocation, par séduction !

Gravir d'un bond l'échelle du ciel jusqu'à l'amour qui m'attend !

Des fulgurances la traversent. La vérité de sa quête alcoolisée lui apparaît avec une clarté absolue : Walt

Whitman a posé les mots sur le programme qu'elle doit suivre. Puisque la mort est inévitable, autant flirter avec elle, la provoquer pour rejoindre le ciel, toucher le cœur du monde par-delà la transe, pourquoi n'y a-t-elle pas pensé plus tôt ? Elle cherche un papier : il lui faut écrire cela, coucher sur une feuille cette intuition avant que ne s'évapore la lucidité folle que lui offre l'Ardbeg.

Le lendemain, elle se réveille avec une migraine abominable et la nausée au bord des lèvres, mais cela n'a aucune importance. Le recueil de Whitman trône sur sa table de nuit. Elle sait ce qu'il lui reste à faire, désormais. Tenir son programme.

Les mois suivants resteront dans sa mémoire comme une plongée confuse au centre d'elle-même. Elle élabore une théorie sur la dame écarlate aperçue dans le miroir des toilettes, au lycée : il s'agissait d'une hallucination. Une production de son esprit malade d'alcool, tentant de lui transmettre un message : *Voilà comment finissent les filles dans ton genre lorsqu'elles échouent à se sauver de ce bled maudit.*

Elle expérimente les mille et une nuances de l'ivresse, légère ou profonde, heureuse ou triste, adapte la quantité d'alcool à ingérer selon les circonstances. Au lycée, elle s'éloigne des filles du parc, tente de reprendre le contrôle. Elle fréquente de nouveau Julia, à qui elle confie sa nouvelle passion pour la poésie – tout en lui cachant son addiction à l'alcool. Elles étudient l'espagnol ensemble à la bibliothèque, déjeunent en tête à tête dans un coin retiré de la cantine. À table, avec ses parents, elle se fait plus loquace, s'intéresse presque sans se forcer à leur quotidien au travail, leurs collègues, l'anecdotique composant l'essentiel de leur vie.

La nuit, la fureur se saisit d'elle. Elle dévore tout Ginsberg – *I saw the best minds of my generation destroyed by madness, starving hysterical naked.* Elle entrevoit le grandiose derrière la poésie, chasse des vérités sublimes qu'elle oublie à l'aube, écrit les idées lui traversant l'esprit sur un petit carnet noir, des vers, de la prose, des phrases qui dans l'instant lui semblent merveilleuses, mélange ses mots à ceux des auteurs qu'elle chérit.

Je
Je
Je
suis
la fille
qui boit
Celle qui voit
Vos cœurs abîmés
La solitude des géants
Les monstres dansant
Derrière la colline verte
Je vois tout et j'ai honte
Des mensonges brumeux
Dont vous vous enivrez
Je préfère partir en quête
Des vérités noires d'Allen
De la brûlure de l'Ardbeg

Elle s'enivre encore et encore pour repousser les limites de sa propre réalité, elle se cogne à l'alcool pour tourner le dos au monde et redessiner les frontières du royaume, découvre la joie de la perte et aperçoit le vertige de l'autodestruction. Sa tentation, comme une réponse à ses douleurs sauvages.

Boire encore un peu encore un peu encore pour oublier les minuscules pieds de nacre de la dame écarlate oublier Parker pourquoi m'a-t-il abandonnée boire encore un peu pour rencontrer les grands poètes la transe les portes du ciel pour ne plus penser ne plus rien sentir plus rien rien rien jusqu'à ce que

Jusqu'à ce que tout s'effondre.

— Elizabeth !

Robert la découvre un matin, inanimée, sous la chaise de son bureau. Une bouteille de Midleton, dont le contenu s'est renversé sur la moquette, gît à côté d'elle. Son visage est écrasé contre le recueil de Whitman. Il la secoue, la gifle, tente de la réveiller, en vain. Patricia pousse un hurlement lorsqu'elle découvre la scène. Elle jette un verre d'eau au visage de sa fille, redoute un coma éthylique, « vite, Robert, à l'hôpital ! ».

Les urgentistes lui administrent un lavage d'estomac. Les analyses de sang révèlent que son alcoolémie dépasse les 2,5 grammes. « Un tel degré indique que ce n'est probablement pas la première fois que votre fille s'enivre autant », assène le docteur.

Le lendemain, Patricia et Robert ramènent la fautive à la maison. Dans la voiture, ils sont mutiques. Ils encaissent.

Une fois rentrés, ils envoient Caroline et Charlie dans leurs chambres, « ne redescendez pas avant le dîner ». Elizabeth tente de monter les rejoindre, « pas si vite, jeune fille ». Ils lui ordonnent de s'asseoir à la table de la cuisine et s'installent en face d'elle, combatifs. L'inquisition commence.

— Combien de temps ? attaque sa mère. Depuis combien de temps bois-tu comme ça dans notre dos ?

Elizabeth ne tente même pas de nier. Elle devine le dégoût derrière le regard dur de ses parents et cela lui donne envie de rire. C'est plus fort qu'elle. Qu'ont-ils vraiment compris de la vie, eux ?

— On va te sortir de là, lâche Robert, avec conviction.

— Oui. Tu seras punie jusqu'à la fin des temps pour nous avoir menti et volé, mais on va te sortir de là.

— De là, c'est-à-dire ?

Cette envie de rire, encore. Ils sont sincèrement convaincus qu'ils peuvent la sauver.

Patricia détourne le regard. Elle ne reconnaît plus l'adolescente qui se tient en face d'elle. Cette lueur de défi dans le regard, cette poitrine en passe d'éclore : où est passée la fillette qui chantait les Beach Boys dans la voiture ? Leur petite princesse à la voix d'or est devenue une pochtronne. Elle n'a même pas quinze ans. Elle, sa propre mère, n'a rien vu des mutations à l'œuvre chez sa fille. Rien perçu de ses tourments. Elle s'en veut : par sa faute, Elizabeth leur échappe. Ils ne pourront jamais revenir en arrière. Patricia aurait-elle pu agir différemment si elle avait pris conscience de ses problèmes plus tôt ? Peut-être pas. Mais il est encore temps de tenter quelque chose.

Une semaine plus tard, ils l'envoient au pensionnat de Kent, dans le Connecticut. L'un de leurs amis, qui travaille aux admissions, s'est débrouillé pour qu'elle décroche une bourse permettant de financer l'inscription et une chambre pour elle toute seule, au moins pour le premier semestre.

— Ici, ils sauront t'aider mieux que nous, murmure Patricia dans la voiture, dissimulant ses larmes derrière de larges lunettes de soleil noires.

Charlie et Chuck sont assis à l'arrière, autour d'Elizabeth. Ils ont insisté pour accompagner leur aînée jusqu'à l'établissement. Chuck lui offre un bracelet :

— Tu penseras à moi chaque fois que tu le porteras.

Ces mots broient le cœur d'Elizabeth. Durant toute cette période, elle n'a guère pensé aux conséquences de son comportement sur sa petite sœur. Comment tient-elle le coup ?

Les autres élèves ne reprennent pas les cours avant vingt-deux jours. L'internat a accepté qu'elle arrive en avance « en raison de ses problèmes ». Elle ne tarde pas à comprendre le plan de ses parents : vingt-deux jours pour redevenir sobre avant le début de sa scolarité ici. Vingt-deux jours en enfer.

2019, Californie

— Que pensez-vous de mars ? Ou bien avril ? Rien de tel que le printemps pour une exposition, et cela vous laisse encore quelques mois pour travailler. Parce qu'il nous faudrait plus de toiles, et de grands formats, naturellement. Je vous envoie le contrat ?

Joan raccroche sans prendre la peine de répondre. Depuis quelques semaines, les galeries new-yorkaises sont de plus en plus nombreuses à la solliciter. On lui propose un espace immense, dédié à ses seuls tableaux – « Les mètres carrés sont chers à New York, les artistes se battent pour bénéficier d'une telle place ! » Ou bien un lieu atypique : « Un garage, un squat, un lieu alternatif dans les quartiers chauds, l'authentique *underground* : du pur Joan Baez, non ? » On cherche à ménager sa susceptibilité de gauche : « Nous reverserons les profits à la cause de votre choix, bien sûr. » On se permet des suggestions : « Vous ne peignez que des portraits, c'est merveilleux, mais avez-vous tenté les paysages ? L'abstrait ? Les collages ? » « Vous refusez de peindre autre chose que des portraits, très bien : avez-vous fait celui de Bob Dylan, au moins ? »

Elle imaginait la peinture comme un refuge. Un acte solitaire et joyeux, un tête-à-tête avec les pinceaux sans enjeu autre que celui de l'inspiration. Elle découvre que la pression est aussi forte que dans le monde de la musique. Les galeries d'art ne valent pas mieux que les labels : elles sont aussi obsédées par l'argent, aussi grossières dans leurs tentatives de séduction. Cela l'écœure. Elle se réfugie dans son atelier, chasse les demandes insistantes d'un geste de la main comme elle écarterait une mouche, tente de se convaincre qu'elle est trop vieille pour être perméable à ce genre de conneries.

Pourtant, elle ne peut ôter cette phrase de son esprit : « Avez-vous fait celui de Bob Dylan ? »

La peinture est peut-être une erreur. Au-delà du plaisir qu'elle éprouve à laisser courir les pinceaux sur la toile, à mélanger les couleurs, comment savoir si elle a vraiment du talent ? Ses proches ne sont pas objectifs. Les galeries ne pensent qu'au coup marketing qu'elles réaliseront en l'exposant. Après tout, même l'ancien président George W. Bush s'est reconverti dans l'art, ses tableaux s'arrachent à prix d'or ; et si, un jour, ses toiles à elle atterrissaient dans la même échoppe que les siennes ? L'idée lui est insupportable. Le serpent du doute s'insinue en elle. Elle n'est plus certaine de savoir pourquoi elle peint. Ni même d'en avoir envie. Peut-être que le temps de prendre sa retraite est enfin venu ?

2000, Kent School

Elle n'y a pas mis les pieds depuis plus d'une heure que, déjà, elle déteste tout de cet endroit. Les murs de pierre froide, les clichés en noir et blanc des anciens élèves trônant dans les couloirs, la vague odeur d'antimite empestant les chambres, la « conseillère pédagogique » que l'établissement dédie à son cas, Louise Stewart.

— Je suis là pour toi, promet celle-ci le jour de son arrivée.

Elizabeth l'écoute à peine. Elle revoit la voiture de ses parents s'éloigner, la main de Chuck s'agitant derrière le pare-brise, son regard triste. Ils l'ont plantée là. Sa propre famille. Pour l'aider, disent-ils. Tu parles ! Ils se sont débarrassés d'elle en la mettant à l'écart, loin de Lake Placid où la rumeur se répand déjà, *Elizabeth Grant a été envoyée dans un établissement pour ados difficiles, des alcooliques et des white trash comme elle.*

— Nous prendrons nos repas ensemble, en discutant ou en silence, comme tu préfères, ajoute Louise Stewart. Inutile de chercher de l'alcool par ici : il n'y en a pas une goutte. Et impossible de faire le mur : un passe est nécessaire pour sortir de l'enceinte et des caméras sont placées aux endroits stratégiques.

— Comme en prison, maugrée la jeune fille en inspectant les murs avec méfiance.

Louise ne relève pas sa remarque. Elle passe une main dans ses cheveux filasse. Une vague de dégoût soulève la poitrine d'Elizabeth lorsqu'elle pose les yeux sur la peau de ses joues, tavelée d'anciennes cicatrices d'acné, légèrement couperosée près du nez.

— À cet instant, tu es sans doute convaincue qu'il n'y a pas plus grand malheur que le tien, mais je t'assure : tu n'es pas la seule à être passée par là, ajoute la conseillère. Je sais de quoi je parle.

— Ah, vraiment ?

— Le désespoir rend égocentrique, Lizzy – je peux t'appeler comme ça ? Tu te sentiras beaucoup mieux lorsque tu regarderas au-dehors plutôt qu'au-dedans.

Regarder dehors plutôt que dedans ? Elle ressasse ces mots toute la nuit, incapable de trouver le sommeil sur le matelas trop dur de sa chambre. C'est décidé : elle ne fera aucun effort avec Louise Stewart, cette misérable femme aux allures de jeune fille vieillie trop vite, aux joues d'anorexique, aux yeux disproportionnément grands lui donnant des airs de chouette étonnée. La pollution, la faim dans le monde, les mines antipersonnel : bien sûr qu'il y a plus grand malheur que le sien, c'est d'ailleurs parce qu'elle en est un peu trop consciente qu'elle s'est réfugiée dans l'alcool. Pour quel genre d'ado superficielle la prend donc cette maudite Louise ? Que comprend-elle aux ténèbres ? A-t-elle seulement idée de la douleur que celles-ci infligent lorsqu'elles grignotent chaque recoin de l'esprit ?

Le premier jour, elle refuse de sortir, même pour prendre ses repas ; de toute façon elle a bien trop la nausée pour avaler quoi que ce soit.

Le deuxième jour, elle reste à nouveau cloîtrée, vomit de la bile dans le minuscule lavabo près de sa fenêtre. Lorsque son estomac lui laisse un peu de répit, elle dévore les barres de céréales que Patricia a glissées dans son sac – celles aux pépites de chocolat au lait qu'elle réclamait au goûter, lorsqu'elle était enfant. Elle les régurgite aussitôt. Dans le minuscule miroir près de la fenêtre, elle aperçoit son visage livide. Un fantôme d'albâtre.

Ses nuits sont hachées de cauchemars. Parker la visite. Ils se retrouvent dans la clairière de leur enfance mais, déjà, il s'enfuit. Elle tente de le rattraper, en vain : il court plus vite malgré ses petites jambes, tandis que les siennes sont comme engluées dans la boue. Elle devient la dame écarlate. Elle voit ses parents mourir dans un accident de voiture puis se réincarner en herbes folles. Elle voit des loups descendre sur la ville et dévorer sa petite sœur. Elle voit Chuck devenir elle aussi la dame écarlate, hantant les trottoirs de Lake Placid en répétant en boucle « *why are we here, why are we here* » parce qu'elle, Elizabeth, l'aura abandonnée dans cette ville qui broie les filles trop libres.

Le troisième jour, elle ose une excursion vers les cuisines du bâtiment, vole une boîte de thon qu'elle dévore en cachette près de son lit, puis la jette de sa fenêtre, le plus loin possible, vers le massif de cyprès qui l'engloutit aussitôt. Elle tente de lire, d'écrire, en vain : son cerveau tourne à vide. Sera-t-elle encore capable de créer sans alcool ?

Le quatrième jour, la faim la tire du lit à l'aurore. Lorsque Elizabeth retrouve Louise dans la salle à manger, celle-ci est attablée devant un buffet de muffins aux myrtilles, pancakes et chocolat chaud au parfum divin. Comment a-t-elle su qu'elle viendrait ce matin ? Elizabeth la salue à peine, s'assoit, se jette sur les victuailles mais cale au second muffin. Son estomac sevré d'alcool et privé de nourriture depuis soixante-douze heures a déjà rétréci.

— Tu sais, commence Louise, c'est le prix à payer pour faire partie des personnes conscientes. (Elizabeth la dévisage avec mépris, sans être sûre de comprendre.) Il est malgré tout possible de tenir. À condition d'accepter l'ombre. De trouver un compromis pour ne pas être dévorée par elle. Il y a beaucoup de façons d'envisager le monde, et le regard qu'on porte sur lui est révélateur.

— De quoi ?

— De notre nature. Nos blessures. Notre désespoir. Mais il n'y a pas de secret : si on ne peut pas changer le monde, on peut modifier le regard que l'on porte sur lui. Le décaler. Le sublimer, d'une façon ou d'une autre.

Elizabeth lève un sourcil dubitatif, croque à nouveau dans un muffin. Un long silence s'installe. Le regard doux que Louise pose sur elle l'agace. Elle le soutient un instant avec provocation puis détourne la tête. Elle songe à Allen Ginsberg, à ses chers auteurs beatniks, épris de liberté. Certains sont passés par l'addiction, comme elle. Comment se comporteraient-ils à sa place ?

— C'est ce que font les poètes, dit-elle.

— De quoi parles-tu ?

— Ils décalent le regard. Pour survivre au monde.

— C'est vrai. Il n'y a sans doute pas meilleure façon de définir la poésie. Mais beaucoup ont commis l'erreur de croire qu'ils avaient besoin d'alcool ou de drogues pour y parvenir. Comme si l'ivresse, quelle que soit sa source, était indispensable à la création.

— Et bien sûr, vous allez me dire qu'il est possible de réussir sans boire. Mais qu'est-ce que vous en savez ? Vous n'êtes pas poétesse !

Elizabeth croque avec colère dans un pancake, puis recrache le morceau. Elle n'a plus faim : elle veut seulement mordre.

— Je ne suis pas poétesse, mais j'ai longtemps été persuadée d'être un peu plus lucide que les autres sur la nature humaine. C'était arrogant, mais j'étais persuadée d'avoir raison et cela me détruisait. Je suis tombée très bas. Puis, un jour, j'ai choisi de me concentrer sur la lumière. D'accorder plus d'attention aux miracles qu'aux désastres. Je ne suis pas moins lucide qu'avant, mais je vis beaucoup mieux.

— Vous parlez comme un gourou au rabais, tranche Elizabeth.

Elle quitte la table, de nouveau prise de nausée, sort du bâtiment et s'allonge sur le gazon, près d'un frêne. Sa vision se brouille un instant. Son corps s'enfonce dans l'herbe humide. Elle aimerait que tout s'arrête. Ne plus souffrir. Ne plus savoir. Redevenir une toute petite fille ou bien vieillir très vite jusqu'à s'éteindre, ici même, à quelques mètres du mur de briques rouges de l'internat.

Que Louise et son baratin aillent au diable !

Elle ferme les yeux.

Mourir sur la pelouse fraîche, sans un bruit. Se dissoudre lentement dans le sol et disparaître. Tels les minéraux des plantes en décomposition, elle rejoindrait doucement l'humus, puis les réseaux souterrains menant aux nappes phréatiques. Elle changerait de nature pour devenir eau et resterait des décennies sous terre, à mûrir sa vengeance, jusqu'à ce qu'un courant mystérieux la ramène à la surface. Là, elle jaillirait à la faveur d'une source vive, chahuterait dans les flots d'un ruisseau printanier, puis irriguerait les jardins de Lake Placid. Elle choisirait le plus beau des rosiers de la ville et empoisonnerait patiemment chacune de ses épines. Attirés par la beauté gracile des fleurs, les bonnes mères et les bons pères de famille des pavillons chics, ces adultes à la mise toujours impeccable qui, convaincus d'incarner l'ordre, le bien, étouffent les rêves des petites filles en tentant d'en faire des princesses, s'y piqueraient les doigts et tomberaient dans un sommeil sans fin.

Quelque chose a changé lorsqu'elle rouvre les paupières. Une nuance infime dans le ciel où les épais cumulus ressemblent à une énorme paire de fesses. « Le sculpteur de nuages a encore fait des siennes », murmure-t-elle, songeant à Parker. Une bouffée de nostalgie la chavire. Elle la chasse en regardant à nouveau les fesses. Lorsqu'elle se relève, des effluves d'herbe fraîche et de violette s'accrochent à ses vêtements. Elle se retourne pour chercher les fleurs, aperçoit un massif derrière elle, au pied de thuyas. Cette découverte l'émeut aux larmes : les violettes étaient les fleurs préférées de Parker.

Elle regagne sa chambre, s'installe à la table face à la fenêtre, étudie la vue. Les cyprès juste en dessous. En se penchant vers la droite, elle aperçoit le fleuve et, un peu plus loin, une petite écurie devant laquelle un vieil homme au dos voûté s'affaire. À gauche, un couple d'écureuils gris chahute dans les branchages. Elle les observe un long moment, jusqu'à la tombée de la nuit, tout comme les jours suivants. Le fleuve, l'écurie, les animaux, la forêt dont les nuances verdoyantes changent à chaque heure de la journée. Parfois, un éclair de lumière surgit du bosquet : est-ce le reflet du soleil sur la boîte de thon qu'elle a jetée quelques jours après son arrivée ?

Une semaine passe. Elizabeth renaît doucement. Elle se lève à l'aube, flâne dans le parc lorsque la brume matinale s'accroche encore aux cimes des arbres. Elle rejoint Louise avec qui elle partage des repas souvent silencieux. Une complicité étrange s'installe entre elles. Elizabeth se surprend à lui trouver une beauté discrète. À apprécier la force qu'elle dégage, en dépit de sa minceur extrême.

Certains matins, elles marchent ensemble jusqu'au fleuve. L'enceinte de l'établissement est immense.

— Regarde, Lizzy. Plutôt pas mal, comme prison, non ? chuchote Louise.

— Il y a pire, sourit-elle.

Elle apprécie la beauté des arbres centenaires qui se pareront bientôt des couleurs de l'automne, leurs troncs rassurants, la bibliothèque de pierres grises où elle ne tarde pas à piocher des recueils. Chaque soir, elle se poste à la fenêtre pour observer les écureuils, le ciel s'ennuageant à la tombée de la nuit, les merveilles petites et insaisissables, grandes et bouleversantes de la forêt qui, peu à peu, l'ancrent de nouveau au monde des vivants.

Elle recommence à écrire. Partout, au stylo sur des bouts de papier, à la craie sur les colonnes de la chapelle, au cutter derrière les portes des toilettes. Elle écrit des bribes de phrases qu'elle désire libres comme le vent, puisque c'est ainsi que doit être la poésie.

Je touchais les étoiles
Elles dégringolaient autour de ma tête

Des phrases lumineuses ou sombres, sages ou insensées. Elle a désormais conscience que le réservoir de folie mélancolique en elle est inépuisable. Mais aujourd'hui, elle sait mieux en contrôler l'accès. Sublimer les pépites qu'elle en tire. Décaler le regard.

J'ai traversé le chagrin venu par vagues et rouleaux

Elizabeth renaît et la voilà soudain prise d'un appétit insatiable. Elle rêve d'une grande histoire d'amour ou, à défaut, d'une aventure. C'est-à-dire de sexe. Sa peau appelle le désir et brûle d'être caressée. Les autres élèves font leur rentrée. Elle peine à se faire des amis, mais cela n'a aucune importance car désormais, à la nuit tombée, elle sème des petits poèmes de papier dans la brise du soir, depuis sa fenêtre. Certains de ses camarades les découvrent au matin et les collectionnent, rêvant d'en démasquer l'auteur. Elle devient un mythe : le mystérieux poète du crépuscule. L'inspiration souffle à travers elle comme une brise sacrée et elle n'a plus besoin d'alcool pour cela. Il lui vient même l'envie de chanter à nouveau.

Elizabeth est sobre. Les cours démarrent. Les entretiens avec Louise s'espacent, puis s'interrompent. Lors de leurs derniers échanges formels, la conseillère insiste, « reviens me parler dès que tu en ressentiras le besoin », mais elle sait que la jeune fille ne le fera pas. Elle a gagné son premier combat. D'autres suivront, plus intenses encore, pas seulement contre l'alcool. Elle saura les mener seule parce qu'elle est déjà revenue une fois de l'enfer. Elle est un phénix. L'écriture sera son glaive et son bouclier. Son arme et son armure.

À présent ma plus grande bataille sera de faire taire
Cette mélodie disloquée
Dans mon cœur

I learned that just beneath the surface
there's another world, and still different
worlds as you dig deeper. I knew it as
a kid, but I couldn't find the proof.

J'ai appris que, juste sous la surface, il y a un autre monde, et des mondes chaque fois différents à mesure que l'on creuse. Je le savais quand j'étais enfant, mais je n'en avais pas trouvé la preuve.

David LYNCH, *Lynch on Lynch*

2003, Kent School

Elle peine à réprimer un large sourire lorsqu'elle pose les yeux sur le mur des poèmes. Celui où, chaque matin, les autres élèves punaisent les textes qu'elle sème au vent la nuit depuis la fenêtre de sa chambre, et qu'ils récoltent patiemment dans le parc dès les premières lueurs de l'aube. Certains ont mené l'enquête pour tenter d'en identifier l'auteur, ont un temps pensé qu'il s'agissait de Louise. Celle-ci a pris plaisir à laisser planer le doute et brouiller les pistes. Elle seule sait qu'Elizabeth est la véritable poétesse. Personne d'autre ne la soupçonne. L'année touche à sa fin. Un bal se tiendra dans trois jours pour marquer l'événement. Après le départ des élèves, le poète du crépuscule restera un mystère.

Sur le côté du tableau, un papier un peu plus blanc que celui qu'elle utilise attire le regard d'Elizabeth. Une feuille de format lettre où sont posés les mots suivants, dans une écriture manuscrite quelque peu différente de la sienne :

Nous sommes comme le rêveur qui
rêve et vit ensuite dans le rêve.

Nous créons notre monde, puis
nous entrons à l'intérieur.
Nous vivons dans le monde
que nous avons créé.

Elle recule, le souffle coupé. Après s'être assurée que personne ne la voit, elle arrache le papier et l'emporte dans sa chambre pour l'étudier. Ces mots pourraient être les siens. À Lake Placid, lorsqu'elle écrivait sous alcool, ses textes évoquaient souvent les rêves et les illusions où chacun se réfugie pour survivre au réel, telle une araignée tissant sa toile pour y passer le reste de ses jours. A-t-elle un imitateur ? Ses poèmes ont-ils déclenché une vocation chez un autre élève ? « Ce serait merveilleux », chuchote-t-elle. Celui-ci prendrait le relais lorsqu'elle partira, d'autres suivraient après lui et le poète du crépuscule ne s'éteindrait jamais. Il deviendrait un mythe qui, des générations après la sienne, sèmerait encore la beauté de l'imprévisible dans les jardins du pensionnat. Une légende, née grâce à elle.

Le papier est marqué d'un en-tête : Big Tree Spa Hotel. Le jour de son arrivée, lorsque ses parents l'avaient conduite ici avec Chuck et Charlie, elle avait remarqué cet établissement luxueux à quelques kilomètres de Kent School et s'était interrogée : quel genre de touristes fortunés peut fréquenter un coin aussi perdu ? Il n'y a rien à voir dans les parages, à part la forêt et les champs. Des chasseurs, des randonneurs ? L'auteur du texte est-il un hôte du Big Tree Spa Hotel ? Comment est-il entré dans le pensionnat ?

Les deux jours suivants, elle retourne ces questions dans son esprit, incapable de se concentrer sur autre chose. Jusqu'à en conclure qu'elle ne pourra pas quitter Kent et reprendre le fil de sa vie sans avoir percé ce mystère. Elle ne tarde pas à élaborer un plan : le soir du bal, lorsque élèves et enseignants seront réunis dans la grande salle pour se trémousser sur du Britney Spears, elle piquera le badge de Louise, sa voiture, et fera un aller-retour à l'hôtel. Le tout ne prendra guère plus d'une heure, personne ne s'apercevra de rien. Quand bien même elle se ferait pincer, quelle importance ? L'année est terminée, ils ne pourront pas la renvoyer. Dans le pire des cas, ils la sermonneront et menaceront d'appeler la police – qui ne pourra pas lui reprocher grand-chose : elle n'aura fait qu'emprunter une voiture et se comporter en ado stupide.

Jusqu'à 21 h 30, elle danse avec les autres élèves, s'assure que tout le monde la remarque, sans en faire trop. Elle profite d'un slow pour filer aux toilettes, bifurque vers les escaliers, atteint la chambre de Louise à l'étage du personnel encadrant. Par chance, celle-ci ne la ferme jamais à clé. Elle entre à pas de loup. La pièce est comme elle l'imaginait : sobre, dénuée de meubles, à l'exception d'une petite table de travail en bois faisant également office de coiffeuse, et de quelques étagères chargées de livres. Aucune photo ou affiche, aucun bibelot personnel, comme si l'occupante des lieux cherchait à ne rien dévoiler d'elle.

Deux robes noires taillées beaucoup trop large, quasiment identiques, traînent sur le lit. Celles que Louise a essayées avant de rejoindre le bal, suppose Elizabeth. Elle attrape l'une d'elles, chasse l'envie soudaine de l'enfiler – ce serait perdre un temps précieux. Elle fouille la poche du long manteau de tweed à carreaux pendu derrière la porte. Comme elle s'y attendait, le badge de sortie et les clés de voiture sont au fond.

Elle hésite un instant, puis revêt le manteau de Louise, ainsi que le chapeau d'homme dont elle se coiffe les jours de grands froids. Grâce à cet accoutrement, elle trompera les caméras de surveillance, et le gardien du pensionnat la prendra pour la conseillère s'il l'aperçoit depuis sa loge. Elle plonge le nez dans le col. Un peu du parfum de sa propriétaire, discret mélange de jasmin et de lavande, s'y est accroché. Cette douceur lui donne du courage. Elle quitte le bâtiment en s'efforçant de marcher comme le ferait Louise, un peu voûtée, le pas calme.

Dix minutes plus tard, une bouffée d'euphorie lui monte aux joues lorsqu'elle rejoint la route nationale au volant de la vieille Buick de la conseillère. Elle rit. Son plan a fonctionné. Et si elle en profitait pour rouler toute la nuit, jusqu'à la prochaine ville, ou bien jusqu'au cœur de la forêt, là où seuls les courageux et les fous osent s'aventurer dans l'obscurité ?

Un panneau annonçant le Big Tree Hotel Spa la ramène à son projet initial. Elle se gare non loin de la porte, entre. Elle se sent différente lorsqu'elle pénètre dans le hall. Plus âgée, plus sûre d'elle. Moins belle. Elle est Louise.

L'intérieur est tapissé de lambris en bois, esprit chalet de montagne aussi chaleureux qu'étouffant. Une tête de cerf empaillée trône au-dessus de la cheminée de pierre, autour de laquelle se serrent quatre fauteuils de cuir, somnolant sur un tapis poussiéreux. Elle se présente à la réception munie du papier à en-tête. Le casier à clés derrière le comptoir est à demi vide. Elle appuie une fois sur la sonnette couleur bronze, puis deux ; imagine qu'un employé vêtu d'un épais pull en laine aussi kitsch que les tableaux animaliers encadrant le casier va surgir d'un instant à l'autre.

Mais personne ne vient. Elle patiente quelques minutes encore, puis se dirige d'un pas hésitant vers le bar indiqué par un panonceau doré. L'endroit semble démesurément grand au regard de la taille modeste de l'accueil. Des dizaines de tables rondes en bois sombre sont alignées devant un épais rideau de velours bleu dissimulant une scène.

Le serveur, serré dans un gilet noir, arbore une moustache grisonnante désuète. Il somnole les bras croisés derrière le comptoir en zinc. Il relève la tête à l'approche d'Elizabeth. Des rangées de bouteilles trônent sur des étagères éclairées par des néons diffusant une lumière fatiguée : whisky, rhum, cognac, gin, vodka, eau-de-vie. Elle s'assoit sur un tabouret, ôte son chapeau, le dépose à côté d'elle. Un Ardbeg, dix ans d'âge, attire son regard. Elle ferme les yeux une seconde, chasse le désir brûlant sa gorge. Elizabeth aurait du mal à résister face à pareille tentation. Mais ce soir, elle a changé de peau. Louise ne boit pas. Louise ne cède pas. Elle a la force tranquille de ceux que plus rien n'atteint.

— Une tisane, s'il vous plaît.

— Tilleul, verveine, menthe ? demande le barman.

— Tilleul.

Avant qu'il ne se retourne pour préparer la boisson, elle lui tend le poème :

— Ce papier à lettre vient d'ici, je crois. Reconnaissez-vous cette écriture ?

Il attrape la feuille, l'étudie quelques instants en passant les doigts sur sa moustache. Sourit :

— Bien sûr. Derrière vous, dit-il, désignant la personne installée à une table près de la scène.

Elizabeth se retourne, étonnée : la pièce était vide à son arrivée et elle n'a entendu personne entrer. Elle hésite un instant, attrape son chapeau et rejoint l'inconnu. Il porte une robe blanche décolletée d'où dépassent les poils de sa poitrine, de longs gants de satin bleu, un sautoir en perle. Son visage maquillé avec application est encadré par une perruque blonde volumineuse, façon Marilyn Monroe. Elizabeth suppose qu'il s'agit d'un artiste se reposant après une performance de cabaret transformiste donnée plus tôt sur la scène. Qu'est-ce qu'un travesti ainsi vêtu pourrait faire d'autre ici, à pareille heure ?

— Puis-je m'asseoir ? demande-t-elle.

Il acquiesce, d'une moue légèrement agacée.

— Je me présente : Louise Stewart, conseillère pédagogique au pensionnat de Kent. Je cherche à identifier l'auteur de ce texte qui a bouleversé nos élèves, pour le remercier.

Elle dépose le papier sur la table. Le travesti y jette un coup d'œil distrait, allume une cigarette. Ses joues se creusent lorsqu'il aspire le tabac. Ses lèvres sont fines comme des lames. Le fond de teint peine à dissimuler les irritations encadrant son nez et les rides dessinant un réseau de canyons profonds autour de ses yeux.

— Jack vous a dit que c'était moi ?

Elizabeth suppose qu'il parle du serveur.

— C'est le cas ? J'aimerais simplement savoir quelles sont vos sources d'inspiration. Si vous avez écrit d'autres textes.

Il éclate de rire, dévoilant une dentition mal alignée, précocement jaunie par le tabac.

— Non, ma jolie, ces mots ne sont pas de moi. Ce sont ceux de Robert Denisson, un écrivain en résidence ici. Un type bourru et misanthrope, guère fréquentable, si vous voyez ce que je veux dire. Il n'écrit que des choses incompréhensibles et étranges comme celles-ci.

— Savez-vous où je peux le trouver ?

— C'est votre jour de chance : je l'ai aperçu tout à l'heure dans la salle de travail que l'hôtel a aménagée pour lui. Ce diable a droit à ce genre de privilèges, et mieux encore : Jack lui sert du whisky à l'œil. Je ne peux pas en dire autant. La salle est au fond du couloir, derrière la porte à gauche du bar.

Elizabeth le remercie, enfile le chapeau et suit la direction indiquée sans avoir touché à la tisane que le serveur a posée sur le bar à son intention.

La porte donne sur un long couloir. Elle ôte le manteau et la coiffe, secoue ses cheveux. Son instinct lui souffle que Robert Denisson sera plus sensible aux charmes d'Elizabeth qu'à ceux de Louise. Elle avance d'un pas déterminé, mordille ses lèvres pour leur donner des couleurs, soudain excitée à l'idée de rencontrer un écrivain. Peut-être pourra-t-elle lui soumettre ses propres textes, bénéficier de ses conseils ? Sa prétendue misanthropie ne l'effraie pas : elle non plus ne se fait guère d'illusions sur la nature humaine. Elle saura l'apprivoiser.

Le couloir bifurque à gauche, puis à droite, interminable. Probablement un corridor de service. Il débouche enfin sur une porte qu'elle ouvre avec appréhension. À sa grande surprise, elle se retrouve de nouveau à côté du bar, précisément à l'endroit où elle l'avait quitté. Elle dévisage le serveur moustachu, qui lui rend un regard morne. La tisane refroidit toujours sur le comptoir.

Le travesti, lui, n'est plus là. Un homme en costume élimé est assis à sa place. Elle suppose d'abord qu'il s'agit de l'écrivain. Joues creuses, rides en étoile autour des yeux, lèvres-lames : en s'approchant, elle reconnaît le travesti. Comment a-t-il fait pour se changer et se démaquiller aussi rapidement ? À quoi joue-t-il ?

Peut-être est-il fou, à moins qu'il ne souffre d'une forme de dédoublement de la personnalité. Elle feint de ne rien remarquer. Après tout, elle aussi prétend être une femme qu'elle n'est pas. Peut-être en obtiendra-t-elle plus en jouant cartes sur table. Elle s'assoit en face de lui, sort à nouveau le papier :

— Robert Denisson ? On m'a indiqué que vous êtes l'auteur de ce texte. Je m'appelle Elizabeth Grant. Je suis lycéenne. J'écris moi aussi.

L'homme sort une cigarette, tire lentement dessus, comme l'avait fait le travesti, jette un regard insondable à la feuille. Elizabeth agite le pied sous la table, perd patience. Elle doit rentrer avant que Louise ne regagne sa chambre.

— Je voudrais simplement savoir si ces mots sont de vous, et comment ils ont atterri au pensionnat. En théorie, personne ne peut entrer sans autorisation. Je ne vous importunerai pas plus longtemps.

Robert Denisson écrase sa cigarette dans le cendrier au centre de la table, se frotte le menton, puis se résout enfin à dire :

— Vous ne posez pas les bonnes questions.

Le timbre de sa voix, beaucoup plus grave que celui du travesti, la surprend. S'agit-il vraiment de la même personne ?

— Quelles sont les bonnes questions, alors ?

Il allume une nouvelle cigarette, la dévisage d'un air un peu méchant.

— Lizzy, c'est ça ? Ce n'est pas à moi de vous le dire.

— Que voulez-vous ? Donnez-moi un indice, au moins !

Il secoue la tête, lâche un soupir agacé.

— Je perds mon temps. Je vais me coucher.

Exaspérée, elle ne tente pas de le retenir. Elle aussi a perdu son temps. Pourquoi tant de mystères pour un simple poème ?

Juste avant de quitter le bar, l'écrivain se retourne et lui lance, en haussant la voix :

— La bonne question était : qui est le rêveur ?

Elle reste un instant seule, à contempler les cigarettes écrasées dans le cendrier. Elle règle la tisane qu'elle n'a pas bue. Ses mains tremblent lorsqu'elle renfile le manteau de tweed. Cet endroit lui donne soudain la chair de poule. Elle trottine pour rejoindre la voiture, pressée de rentrer. Ses doigts sont encore secoués de frissons lorsqu'elle glisse la clé dans le contact. Qui est le rêveur ?

Plus tard cette nuit-là, lorsqu'elle se roulera en boule dans les draps rêches du pensionnat, Lizzy se promettra de ne jamais remettre les pieds au Big Tree Spa Hotel. Et de ne jamais raconter cette histoire, qui restera gravée dans sa mémoire comme un étrange cauchemar.

2019, Californie

La pleine lune est au zénith lorsque Joan referme le carnet noir de Lana, *Violette sur l'herbe à la renverse.* Elle le serre contre sa poitrine, comme elle le ferait d'un précieux trésor, traverse la terrasse, descend les quelques marches de bois menant au jardin, pieds nus. Elle aime sentir sous ses orteils la terre encore tiède du soleil de la journée. Sa chienne Ginger la rejoint, vive. Elle accompagne toujours sa maîtresse lors de ses promenades nocturnes, inquiète autant qu'intriguée par les créatures invisibles bruissant tout autour d'elles.

Cette fois, Joan ne va pas très loin. Elle s'assoit contre un chêne centenaire, colle son dos au tronc. Les anfractuosités de l'écorce sous sa peau la font frissonner. Elle capte les messages discrets des arbres sans les comprendre. Leurs ondes bienfaisantes et délicates. Elle aimerait être capable de leur répondre. De joindre ses vibrations intimes aux leurs. Elle envie les créatures végétales de la forêt. Le lien secret des cyprès, séquoias, frênes capables de communiquer par le réseau souterrain des mycéliums, comme par la gamme infiniment complexe des trémulations chimiques émises par les feuilles.

À côté, la sphère cognitive des êtres humains lui semble tristement limitée. Elle a toujours regretté de ne pas faire partie d'un tout plus grand qu'elle, une immensité aussi dense et connectée que la forêt, où elle ne serait qu'un insignifiant scion, un arbrisseau de l'année, mais où chaque brindille, aussi minuscule soit-elle, aurait une importance vitale. Elle en est convaincue : si les hommes étaient capables d'échanger avec la même profondeur que les arbres, ils cesseraient de s'entre-tuer.

Ce soir, en lisant les mots de Lana, une intuition du même ordre l'a traversée. Comme si un réseau secret la reliait intimement à cette fille dont elle ne sait rien mais en qui, grâce à ses textes, elle reconnaît désormais une vieille âme. À certains égards, Lana est moins naïve qu'elle-même ne l'était au même âge. Ses poèmes donnent le sentiment qu'elle a vécu toutes les époques. Celles aussi grandioses que triviales, que Joan a tant aimées et détestées à la fois : les fifties, avec les jeunes serveuses en socquettes blanches des *diners*, les débuts du rock'n'roll et les robes plissées ; les sixties et les barbecues dans les jardins où les pères de famille doraient la viande sur le gril, les cigarettes dans toutes les bouches et le mouvement des droits civiques ; les seventies et leurs voitures affûtées ; les eighties et la guerre froide ; les nineties et les films pour adolescents où les cheerleaders terminaient mal après avoir fait fantasmer des générations de garçons. Les années 2000 et 2010, où elle a assisté au lent pourrissement des États-Unis qui, minés par le racisme et l'intolérance, ont fini par élire Donald Trump président.

Joan voit dans les textes de Lana tout ce qu'elle-même ressent à l'égard de son pays : la nostalgie d'une hypothétique époque éclatante doublée d'une lucidité sur les forces obscures couvant sous le vernis factice du *made in USA*. Elle admire le talent avec lequel la chanteuse se glisse dans le rêve américain pour mieux le faire exploser, sans se contenter de poser un constat désabusé, comme tant d'autres l'ont fait dans les seventies, lorsqu'elle-même arpentait les scènes folks. L'engagement de la jeune femme prend une forme plus subtile. Difficilement pénétrable. Si elle s'était contentée d'y jeter un coup d'œil distrait, Joan aurait sans doute pris son œuvre pour de la prose un peu sombre de post-adolescente. Mais en s'y immergeant sans réserve, elle a compris que sa mélancolie trace aussi un chemin de lumière. Une quête relevant de l'invisible et du sublime. Celle que seul le pouvoir immense de la poésie permet.

Désormais, elle désire tout savoir de cette fille. Percer son secret. Elle qui n'a écrit que quelques textes au cours de sa vie, interprétant surtout ceux des autres, aimerait comprendre : comment, à trente-cinq ans à peine, Lana Del Rey a-t-elle pu bâtir un tel regard sur le monde ?

Joan regagne la maison, essuie vaguement ses pieds encrassés de terre sur le paillasson, envoie un message à Hannah : « Dis-lui de revenir demain. »

*

Lana porte une robe à carreaux rouge et blanc, des sandales plates et a rassemblé ses cheveux en queue de cheval lorsqu'elle se présente à la maison. Joan ne peut retenir un sourire en la découvrant. Cette nuit, c'est précisément dans ce genre de tenue qu'elle l'imaginait penchée sur une machine à écrire, dans une petite chambre éclairée à la bougie, tapant ses textes avec fièvre. Elle lui fait signe de la suivre dans la cuisine, remplit un verre d'eau qu'elle lui tend.

Lana s'assoit à table, étudie la multitude de feuilles et papiers aimantés sur le frigo et recouverts de mots : « vos chansons ont changé ma vie », « grâce à vous, je me suis engagé au sein de Médecins du monde », « j'ai rencontré mon futur époux lors de votre concert de 1983 : nous avons eu une vie merveilleuse et nous vous le devons, merci ! ».

— Ce sont des lettres de fans. Je n'aime pas trop cet étalage, mais Hannah insiste pour qu'on les affiche ici. Elle assure qu'elles tissent un lien entre ma vie d'avant et celle d'aujourd'hui, c'est un peu ridicule. (Elle lève les yeux au ciel, l'air mi-exaspérée, mi-attendrie, se sert un verre d'eau à son tour. Puis reprend :) J'ai beaucoup aimé tes textes. Il faut les publier.

— Merci ! Mais non, ils sont trop étranges pour ça. Je les garde pour moi. Certains nourrissent mes morceaux.

— C'est de la poésie brute. Elle doit se lire accompagnée des photos que tu as prises, sans en changer une virgule. La tronquer pour en faire des formats chansons serait la trahir.

Lana hausse les épaules, rougit. Qui la prendrait au sérieux comme poétesse ? Devinant son embarras, Joan change de sujet :

— Veux-tu visiter la ferme ?

— J'aimerais beaucoup.

Elles traversent la maison, descendent les escaliers, longent les arbres jusqu'à dépasser la grange. Ginger bondit joyeusement sur leurs pas. Devant elles : l'immensité s'étendant à perte de vue. L'azur sans nuages léchant la cime des arbres. À droite, le blond des champs, la poussière soulevée par le ranch voisin, la naissance des montagnes. Le soleil brille haut. Sa lumière enveloppe tout, étouffe les nuances de l'ombre, éblouit l'aigle sillonnant le ciel en cercles, en quête de proies. L'herbe déjà sèche de la rosée matinale scintille. Un souffle chaud semblant remonter du sol surprend leurs jambes. Ginger renifle bruyamment le terrier d'une créature inconnue, puis éternue.

Tandis qu'elles marchent, les deux femmes n'échangent aucune parole. Cela leur convient, à l'une comme à l'autre. Toutes les deux apprécient la compagnie silencieuse, celle où aucune gêne ne pousse à interrompre l'instant de paroles inutiles et encombrantes – comme l'avait fait Lana lors de sa première visite, avec maladresse. Cette fois, elle ne se sent plus contrainte de parler. Elle n'a plus à convaincre. Joan a lu ses poèmes.

Elles rejoignent la forêt. L'ombre des chênes jette un voile de fraîcheur sur leurs épaules. Lana frissonne. Elle apprécie cet endroit. Sa paix. D'une certaine façon, il lui rappelle Lake Placid. Jamais nulle part elle ne s'est sentie aussi bien que dans la clairière où elle retrouvait Parker, ses herbes folles, son parfum de pétrichor : là-bas, elle était invincible. Peut-être devrait-elle se chercher un endroit comme celui-ci, elle aussi. Une maison loin des villes où s'agitent les hommes et brasillent des lumières artificielles qui l'attirent autant qu'elles la repoussent.

Plus tard, peut-être. Elle a tant à faire avant de se choisir un refuge : pousser son exploration plus loin encore, suivre ce mystérieux instinct qui la conduit toujours du côté de l'étrange. Vivre, palpiter, s'ensauvager, afin de pouvoir coucher tout cela sur le papier. Se remplir du monde pour en faire poésie.

Joan se retourne soudain vers elle, interrompant leur marche. Elle pose les poings sur ses hanches et lance avec un air de défi : « Quand est-ce qu'on chante ? »

2004, Long Island

Toute la nuit, elle sert des cafés dilués dans de larges tasses remplies à volonté, du bacon grillé, des œufs sur le plat et des parts de tarte aux mûres à ceux qui fréquentent le *diner* après le coucher du soleil : étudiants traînant sur les banquettes en vinyle avant de regagner l'exiguïté de leur chambre, travailleurs du soir ou du matin quittant ou rejoignant leur poste, âmes solitaires et cœurs étranges. Lizzy les aime tous. Lorsque la fatigue mord les muscles de ses jambes, elle se concentre sur leurs sourires plus las encore que le sien et imagine leur quotidien : une famille turbulente, un bureau peuplé de managers ambitieux, un amant se languissant dans une chambre de motel. Debout derrière son comptoir, elle vit mille vies autres que la sienne. Ce *diner*, avec ses visiteurs du soir, est son royaume. Elle le voudrait éternel. Il l'est.

When I was a waitress wearing a white dress

Le lendemain de son installation à Long Island, elle a décroché ce job en répondant à une petite annonce publiée dans le journal local. L'université peut attendre un an. Elle aimerait d'abord gagner sa vie, un peu, afin de mesurer ce dont elle est capable. Mettre de l'argent de côté et voir le monde tel qu'il est. Éprouver sa solitude d'une façon inédite. Personne ne soupçonne la richesse du voyage immobile qu'elle expérimente derrière le comptoir.

I felt free 'cause I was only nineteen

Chaque fin d'après-midi, lorsqu'elle passe un chiffon humide sur les tables en formica rouge et le jukebox avant de commencer son service, elle s'invente une nouvelle vie. Elle est la serveuse des fifties, mère célibataire plus si jeune mais encore belle, à qui les habitués glissent leurs confidences. Celle des seventies qui économise pour s'enfuir sous le soleil de Californie. Elle est la barista de l'une de ces séries américaines des nineties où les lycéens se retrouvent dans leur *diner* favori après les cours pour se raconter leur journée, flirter, tenir le monde des adultes à distance – le Peach Pit de *Beverly Hills*, le Crashdown Cafe de *Roswell*, le Max de *Sauvés par le gong*.

Dans son esprit, les frontières entre les décennies s'effacent. Le *diner* est à lui seul un concentré de l'Amérique qu'elle fantasme. Celle qui, tels le Mississippi et le Missouri, ces fleuves-univers dépassant les 3 700 kilomètres et serpentant d'un État à l'autre, est indifférente aux lignes et frontières dressées par les hommes.

Elle est la serveuse en robe blanche. Celle que l'on ne voit pas et qui, pourtant, est au centre de tout. La femme-enfant désirée, désirante. La reine des cafés flottants et des routiers aux bottes crottées.

Somehow it made me feel, made me feel like a god

Elle enchaîne les amourettes avec des garçons sympathiques mais sans intérêt, des starlettes locales de baseball ou de basket. Avec eux, elle apprend la séduction. Elle joue. Puisqu'elle n'est pas tout à fait elle-même, tout est permis. Sa propre audace la surprend, surtout lorsqu'elle se laisse approcher par des types plus âgés. « Bonjour mademoiselle, est-ce que quelqu'un vous raccompagne après le service ? » « Ravissante jeune fille, puis-je vous inviter à déjeuner dimanche ? » « Je vous donne mon numéro, vous en ferez bon usage. »

Parfois, elle accepte de prendre un café avec l'un d'eux. Elle ne dit rien, ou presque : ces hommes font la discussion seuls sans même s'en rendre compte ; ils ont tant à prouver. Elle sait précisément ce qu'ils désirent et voient en elle. Elle souffle le chaud et le froid, cède rarement, répond à leurs demandes par un sourire suggestif, laissant planer le doute sans ouvrir aucune porte. Ni en fermer. Leur frustration a quelque chose de pathétique et sublime à la fois. Elle les voudrait solides, des rocs auxquels se raccrocher, des ancres l'empêchant de dériver, mais en vérité elle est plus forte qu'eux, déjà.

Souvent, elle pense à la dame écarlate. À ses lèvres de sang. Cette image est une morsure en elle. Une plaie empoisonnant doucement ses veines. Certaines nuits, lorsqu'elle se lève pour aller boire dans la salle de bains, elle craint d'apercevoir son reflet dans le miroir. D'autres nuits encore, elle fixe son propre visage au-dessus du lavabo, longuement, jusqu'à ce qu'elle ne soit plus certaine de se reconnaître tout à fait. Elizabeth Grant existe-t-elle vraiment ? Est-elle la fille que les autres imaginent ou bien celle qu'elle aspire à devenir au plus profond d'elle-même ? Pourquoi devrait-elle choisir ?

Elle a parfois le sentiment que son identité est mouvante. Qu'elle a le pouvoir d'être n'importe quelle femme. Une chance et une malédiction à la fois, car si elle n'y prend pas garde, les heures sombres, l'échec ou le désir dévorant des hommes pourraient la condamner à devenir à son tour une créature brisée, errant nue sur les trottoirs d'une petite ville américaine.

Après son service, elle dort quelques heures chez son oncle Mike et sa tante Carole, qui l'hébergent. Elle sort du lit à midi, s'étire, ferme les yeux un instant encore dans la moiteur des draps. Puis elle se lève d'un bond, tire les rideaux, observe le jardin où se faufile souvent la chatte du voisin. Le mercredi, elle appelle Chuck, qu'elle est certaine de trouver à la maison à l'heure du déjeuner. C'est leur rituel : toutes les semaines, sa petite sœur lui raconte les jours précédents, l'ennui qui la dévore sur les bancs du lycée, ses aspirations artistiques, « je crois que j'aimerais devenir photographe ». Depuis que Lizzy a quitté le pensionnat, elles se sont rapprochées. Celle-ci encourage sa cadette, « ne laisse jamais personne te dire ce dont tu es capable ou non », imagine la vie qu'elles auront toutes les deux un jour, « à New York, forcément, pour nos études ». Elle lui fait une promesse : « Je ne te laisserai jamais seule à Lake Placid. »

Ce midi, un peu plus que les autres, la mélancolie lui tombe déjà sur les épaules, fardeau doux et lourd dont elle n'est pas certaine de comprendre l'origine. Est-ce simplement qu'elle n'est pas née à la bonne époque ?

Elle saute dans un jean, enfile un tee-shirt à la hâte sans prendre de douche – plus tard –, dévale les escaliers jusqu'à la cuisine où elle avale, en trois bouchées, la tartine au miel que Carole a préparée pour elle, puis file rejoindre Mike dans le salon. Découvrir la silhouette massive de son oncle, épaules de géant et chevelure poivre et sel, emplit sa poitrine d'une joie intense. Il est un colosse au cœur tendre. La gentillesse faite homme.

— Bonjour Mike !

Elle dépose un baiser sur sa joue, s'assoit sur le canapé, attrape la guitare qu'il lui tend. Depuis qu'elle s'est installée chez eux, il lui enseigne les bases. La première leçon est une révélation : quelques accords seulement suffisent à composer une esquisse de mélodie susceptible de servir d'écrin aux textes – les siens. Voilà l'antidote, le petit miracle grâce auquel elle parvient à repousser la mélancolie enserrant sa poitrine au réveil : désormais, elle va pouvoir mettre ses mots en musique. Son don pour le chant et sa passion pour l'écriture sont enfin réunis. L'évidence de cette alliance l'électrise.

Mike s'applique également à muscler sa culture musicale. Il lui fait découvrir les grands classiques du folk, en particulier Bob Dylan et Joan Baez : « Ces deux-là sont tout ce que tu peux rêver d'atteindre en termes de génie et d'osmose artistique. » Il lui parle de ce morceau auquel il voue un culte particulier, *Diamonds and Rust* : « Un concentré de beauté, de poésie, de tout ce que nous autres échouons à dire avec des mots à propos des amours perdues. » Il lui raconte l'étrange tournée qu'ils ont donnée avec d'autres, à travers les États-Unis, la *Rolling Thunder Revue*, et lui décrit le Gerde's Folk City, le club new-yorkais où ils ont débuté : « J'y ai vécu mes plus grands moments de musique. » Lizzy promet de s'y rendre un jour : peut-être y trouvera-t-elle l'inspiration ? Peut-être pourra-t-elle y inviter Mike pour une soirée, afin de lui rappeler ses années de jeunesse ?

Elle reprend l'entraînement de plus belle, le cœur gonflé de rêves.

— Tu progresses vite, Lizzy. Bientôt, c'est toi qui me donneras des leçons, la félicite-t-il.

Elle sourit, poursuit les exercices avec concentration. La technique n'est déjà plus un obstacle. En début d'après-midi, avant de prendre son service, elle s'enfermera dans sa chambre, s'installera sur le petit bureau près de la fenêtre et noircira son carnet de mots. Des bribes de poèmes, des intuitions : elle cherche, mais il lui manque quelque chose, encore. Une cohérence. Un fil rouge ou, plus exactement, une clé.

Elle la trouve un vendredi soir de juin humide, tandis qu'elle prend sa pause derrière les cuisines, là où les autres serveuses enchaînent les mauvaises cigarettes. Elle ne fume pas mais, parfois, elle avale quelques gorgées de la gourde qu'elle a remplie du whisky de Mike. L'alcool est revenu dans sa vie après le pensionnat de Kent. Elle a tenu quelques mois, aussi longtemps que possible. Mais à Long Island la tentation est omniprésente, alors elle a craqué. Juste une fois d'abord, pour une bière. Puis une deuxième fois. C'est plus fort qu'elle : cet étourdissement, ce léger trouble de l'esprit, l'aide à se centrer sur elle-même. Elle s'apprête à reprendre une goulée de whisky lorsque quelques notes échappées d'une voiture sur le parking voisin attirent son attention. Elle approche, reconnaît immédiatement la voix légèrement nasillarde et géniale d'Eminem, mais ce morceau-là est nouveau.

Elle est soudain prise d'un vertige, s'assoit sur le béton brûlant pour ne pas tomber. Elle a déjà entendu le rappeur de Détroit, bien sûr, souri de ses sorties provocantes, mais le titre qu'elle découvre est différent.

Follow the yellow brick road as we go on another episode
Journey with me as I take you through this nifty little place
That I once used to call home sweet home
My first year in 9th grade, can't forget that day at school

Le musicien parle de son passé. Son enfance. Ses traumatismes. Il se dévoile comme il ne l'a jamais fait et comme il est peu courant de l'entendre, en particulier dans le rap. Lizzy note mentalement quelques paroles. Une intuition folle la traverse. « On peut faire ça ! » dit-elle tout haut en se levant, titubante. Elle rit, elle est comme ivre sans avoir suffisamment bu pour l'être, se sent un peu idiote. Cette évidence était sous ses yeux depuis toujours, mais il fallait qu'elle écoute Eminem un soir étouffant d'été, il fallait le rap pour qu'elle comprenne : on peut parler de sa vie en chanson *de cette manière.* Il est possible de tout dire de soi, sans pudeur ni limite, pour peu que les vers soient bons et les mots précis. Ses textes ont toujours parlé plus ou moins d'elle, mais elle ne s'autorisait pas encore à aller au bout. À pousser le curseur un peu plus loin encore : faire de son quotidien, réel ou fantasmé, le sujet de ses compositions.

De retour chez Mike et Carole, elle ne se couche pas, malgré la fatigue tiraillant ses membres. Elle se jette sur le poste de radio de sa chambre, tourne le bouton en quête d'une station rap et l'écoute jusqu'à ce que l'aube cogne derrière ses fenêtres. Les nouveaux titres d'Eminem y tournent en boucle. Chaque fois, elle est traversée par la même intuition, la conviction d'avoir compris quelque chose d'essentiel sur le pouvoir des mots.

Des fourmis mordent ses mollets lorsqu'elle se décide enfin à ôter sa robe de serveuse. Elle pousse les volets d'un geste, salue Carole qui taille ses rosiers près de la haie, et ouvre son carnet.

Des mots lui viennent, différents. Un torrent sauvage, un cri d'enfant fulgurant et allègre remonte dans sa gorge et brûle ses doigts. Sans réfléchir, elle couche sur le papier l'histoire d'un homme plus âgé avec qui elle entretient une relation imaginaire et tumultueuse. Dépendance et déchirements, éblouissement et joie. Cet homme est tous ceux qu'elle croise au *diner*, les routiers et les hommes d'affaires posant sur elle un œil concupiscent, les M. Matthews et les pères de famille, ceux à qui elle répond d'un sourire discret, ceux qu'elle ignore jusqu'à les rendre fous. Cet homme est tous ceux qu'elle rêve de mettre dans son lit, ceux à qui elle finira par se donner, peut-être l'a-t-elle déjà fait. Les grands, les forts, les brutes ; ils sont sa came, sa raison d'être, sa muse et sa prison.

Les semaines s'écoulent, paisibles et exaltantes à la fois, entre le *diner*, les leçons de Mike, le carnet noir où elle note ses textes, les gorgées de whisky qu'elle avale en douce, s'arrêtant juste avant l'ivresse – personne ne soupçonne rien. Elle s'inscrit à l'université Fordham pour la rentrée prochaine. Dominante philosophie et métaphysique. Elle espère y trouver les réponses aux questions qui la hantent depuis Lake Placid – pourquoi sommes-nous là, pourquoi vivons-nous, pourquoi mourons-nous ? Ses études lui offriront-elles les réponses qu'elle n'a pas trouvées dans les livres ni dans l'alcool ?

Elle range ses quelques affaires dans sa valise. La page de Long Island se tourne : il est temps qu'elle se lance.

— Les meilleures réponses sont celles que l'on trouve par soi-même, lui souffle Mike à l'oreille, tandis qu'il l'enlace tendrement, le jour du départ.

— Tu reviens chez nous quand tu veux, ajoute Carole, l'embrassant à son tour. Tu es comme notre fille.

Lizzy les regarde une dernière fois, avant de monter dans le bus. Elle porte déjà au cœur la nostalgie de cette année à leurs côtés, mais sait que le meilleur est devant elle : New York ! L'université ! Les clubs, la musique, les taxis, le *subway*, les gratte-ciel, les bretzels, Broadway, la statue de la Liberté, Staten Island : il y a tant à voir, tant à découvrir, la vie commence enfin.

Mais d'abord, elle doit se débarrasser de l'un de ses démons. Sa muse tortionnaire, l'homme tumultueux de ses chansons : l'alcool. Les cours débutent dans un mois et demi. Une amie de Carole a proposé de l'héberger, le temps qu'elle trouve un endroit à elle. Le temps, aussi, qu'elle suive le programme auquel elle s'est inscrite avant la rentrée : deux semaines de cure de désintoxication, suivies de deux semaines de travaux bénévoles auprès des accros de Brooklyn et des sans-abri, puis d'un voyage d'une semaine pour reconstruire des maisons dans une réserve amérindienne de l'Utah dévastée par une catastrophe naturelle. Seule sa sœur Chuck sait ce qu'elle fera des quarante jours à venir. « Ce sera notre secret, Lizzy, mais tu dois aller au bout. Tu dois te libérer, pour de bon cette fois. »

*

La désintox ne correspond pas à ce qu'elle imaginait. Elle déteste tout : le programme, les intervenants, la salle poisseuse où ils se réunissent, le café au goût de pisse qu'on ose leur servir. Sa propre addiction lui répugne. Les autres participants, ravagés et pathétiques, la révulsent. Elle se promet de tourner définitivement cette page de sa vie ; elle ne deviendra pas cette vieille femme aux chicots gâtés par le vin assise à côté d'elle, ni ce quinqua aux cheveux gras abandonné par sa famille après avoir dépensé en *booze* l'argent mis de côté pour les études de ses deux fils. Elle connaît trop bien les abysses qui lui tendent les bras. Elle tient le coup.

Les deux semaines passent. Ils sortent enfin. La

moitié des participants ont jeté l'éponge. Seuls ceux venus avec la véritable intention de s'en sortir, comme elle, se sont accrochés. Contrairement à la *rehab*, les travaux bénévoles la comblent. Tendre la main, écouter, sourire : d'une certaine façon, ce job-là n'est pas si différent de celui de serveuse. Elle se révèle douée et on le lui fait savoir : « Mademoiselle Grant, vous avez trouvé votre vocation : avez-vous déjà songé à devenir travailleuse sociale ? » Les formateurs du programme l'encouragent. Elle envisage de suivre la voie qu'ils esquissent pour elle. Croiser des âmes en peine, des accros, des femmes en détresse : autant de voyages immobiles et de vies autres que les siennes à vivre. Une formidable matière pour ses textes.

Dans l'Utah, les volontaires aident à monter des maisons provisoires pour héberger les foyers amérindiens dont les habitations ont été détruites par des pluies diluviennes. Leur malaise lui tord les tripes. La plupart des familles, ployant sous la détresse et la honte, osent à peine les regarder. Les mères serrent leurs enfants contre leur poitrine. Les adolescents rasent les murs. Les pères errent dans le camp, le regard éteint par la lassitude. Et eux ? Eux, les jeunes Blancs privilégiés débarqués pour construire des abris de fortune, sont à peine moins paumés que ceux qu'ils sont venus aider. Le cœur certes rempli de bonne volonté, mais encombré d'une condescendance dont la plupart n'ont même pas conscience. Ils résument à eux seuls tout le drame de l'Amérique et cela inspire à Lizzy un sentiment d'une puissance inédite. Une révolte, face à laquelle elle se sent le devoir d'agir. Elle pourrait le faire en suivant une formation de travailleuse sociale, oui.

Mais elle pourrait également agir en devenant chanteuse-compositrice. En faisant de sa plume une arme trempée dans l'encre pour démolir les faux-semblants de son pays. New York l'appelle. C'est là qu'elle entamera sa seconde vie.

2019, Californie

Joan lui tend la guitare. La main de Lana tremble légèrement lorsqu'elle la saisit.

— Joue un morceau qui compte pour toi. L'un des tiens, bien sûr, lui intime la reine du folk.

Lana ferme les yeux, hésite un moment. Elle n'a plus à faire ses preuves et pourtant elle se sent comme une petite fille lors de sa première audition. On n'a pas tous les jours la chance d'être invitée dans l'antre d'une icône. Elle sait à quel point son image peut la desservir. L'aura sulfureuse de vamp gothique qu'elle a tissée pour se protéger est trop souvent prise au premier degré. Telle est la malédiction des femmes un peu trop belles et suffisamment malignes pour se servir de cet atout comme d'une arme. On pardonne l'ingénuité et la bêtise aux créatures de rêve, pas l'intelligence.

— Il s'agit normalement d'un piano-voix, dit-elle enfin. Il s'intitule *Hope is a dangerous thing for a woman like me to have – but I have it.*

Lana se lance. Joan se cale dans la banquette aux coussins trop mous de la véranda. Elle a voyagé dans le monde entier, traversé des pays en guerre, rencontré des hommes puissants, des soldats estropiés, des femmes en colère, des orphelins ; elle a embrassé la souffrance du monde et joué auprès des plus grands : il en faut beaucoup pour l'impressionner. Et pourtant.

Cette voix.

Une justesse absolue, quelque chose de la pureté.

Un baiser.

Une caresse d'or.

Un trésor échappant aux règles du temps, une merveille d'ici et d'ailleurs, hantée par le souffle de mille et une autres femmes, toutes celles qui ont aimé-vibré-pleuré-souffert-chuté-rebondi-brillé-volé avant elle : la voix de Lana est tout cela. Une cascade de diamants sous un clair de lune, d'une profondeur au-delà du dicible. La douceur de la soie. Le vertige d'un saut dans le vide et le réconfort d'une soirée au coin du feu.

Joan se concentre, analyse ce qu'elle entend. Le texte : des larmes, des monstres sous le lit. L'ombre de Sylvia Plath qui se dresse tel un figuier chargé de fruits trop mûrs au-dessus de cette jeune femme hors du temps.

L'accompagnement : hésitant. Les accords de guitare, que Lana adapte de tête à partir du piano-voix, sont imparfaits, mais peu importe. Ils sont doux. Ils prennent leur temps. Lana a ce truc qui, lorsqu'il est maîtrisé, chavire le cœur de la vétérane du folk : le respect des silences. Des frissons soulèvent le duvet discret des avant-bras de Joan. Elle n'a pas ressenti une telle émotion en écoutant un autre musicien depuis… Depuis le vagabond authentique.

Hope is a dangerous thing for a woman like me to have, chante Lana. Est-ce également vrai pour les jeunes filles de la génération suivante, plus jeune encore – celle de sa petite-fille Jasmine ? Joan a le sentiment que la vie est plus facile pour cette dernière mais, au fond, qu'en sait-elle ? Elle a toujours eu la conviction que le rôle de la musique était d'éveiller les consciences. Celle de Lana joue un rôle différent. Elle plonge dans l'ombre de la mélancolie et la cisèle pour y laisser passer la lumière. Elle ne pousse pas à la révolte : elle guérit.

— Merci de m'avoir écoutée, dit Lana, lui rendant l'instrument. (Elle hésite un instant, remue nerveusement sur sa chaise, en petite fille timide.) Est-ce que je peux te poser une question ?

— Je t'écoute.

— J'y pensais sur le chemin de la ferme, en écoutant l'un de tes vieux albums : comment était-ce, la *Rolling Thunder Revue* ?

La *Rolling Thunder Revue.*

Pendant des décennies, Joan avait enfermé ce souvenir dans un coin de son esprit et n'y avait plus pensé jusqu'à ce que Martin Scorsese vienne frapper à sa porte, quelques années plus tôt : il souhaitait qu'elle raconte, face caméra, ce moment à part de l'histoire de la musique, pour un documentaire. La *Rolling Thunder Revue.* Pourquoi cette tournée brinquebalante exerce-t-elle encore une telle fascination, en particulier sur ceux qui n'ont pas vécu cette époque ? Car Lana n'est pas la première à réclamer qu'elle convoque ses souvenirs. Sans doute parce qu'aujourd'hui, à l'heure où le moindre concert est ultra-sécurisé, une telle folie, généreuse et spontanée, serait impossible.

Elle ferme les yeux. Les images de l'époque la submergent aussitôt. Fulgurantes, comme si elles dataient de la veille.

*

23 octobre 1975. Voilà dix ans qu'ils s'évitent mais, ce soir, Joan et Bob se retrouvent sur la scène du Gerde's Folk City pour la première partie de John Lee Hooker. C'est là, dans ce club new-yorkais où Dylan a commencé, en 1961, qu'ils se sont vraiment rencontrés. Un endroit minuscule, toujours bondé et saturé de fumée de cigarette, aux murs recouverts de photos de bluesmen. Ce soir, Mike Porco, le gérant du club, fête son anniversaire. Pour l'occasion, il a invité quelques musiciens, Ramblin' Jack Elliott, Patti Smith, John Lee Hooker, Bob et Joan, bien sûr. Un concert s'improvise. La magie reprend instantanément entre eux, comme du temps où ils étaient amants. Une étrange excitation s'empare de la salle lorsqu'ils montent sur scène. Tous retiennent leur souffle quand ils entament un morceau en duo. Ils sont des dieux et leurs retrouvailles emportent les spectateurs sur les ailes des géants.

Après le concert, tandis qu'ils boivent un verre avec Mike, Dylan lui demande si elle a déjà des engagements pour novembre. Elle s'apprête à partir pour une série de concerts bien payés. Elle a besoin d'argent.

— Viens plutôt jouer sur les routes avec moi ! On improvise tout, entrée gratuite.

Elle acquiesce doucement, certaine qu'elle regrettera son choix.

La *Rolling Thunder Revue* sera une tournée folle, improvisée, bohémienne, déglinguée. Un désastre commercial, mais une aventure incroyable de six mois, à travers les États-Unis et le Canada, où les rejoignent d'autres musiciens. Fini les salles immenses et les concerts démesurés remplissant les poches des maisons de disques. Leur troupe a des allures de cirque ambulant proposant son show dans de petites villes délaissées des grands artistes. Leur dégaine choque et fascine. Nombre d'entre eux sont instables et fous, à commencer par Bob, juge Joan. Elle revit.

Dylan est au sommet de son génie. Sur scène, il porte un chapeau à fleurs, des foulards et des capes, il maquille son visage de blanc. Lorsqu'ils découvrent son accoutrement, les spectateurs esquissent un sourire dubitatif et réprobateur, *encore un de ces dégénérés de New York*. Mais son charisme les emporte vite. Chaque fois, sa fureur joyeuse d'enfant céleste conquiert même les plus réticents ; il emballe les cœurs, efface les angoisses et, pendant quelques instants, dépose un baiser d'éternité sur leurs lèvres à tous.

Les musiciens dorment dans des fermes, des granges, des hôtels minuscules, parfois à la belle étoile. Ils ne se lavent pas tous les jours. Joan évite de remuer les bras sur scène, écœurée par les effluves émanant de ses propres aisselles.

Bob, lui, n'est jamais plus heureux que dans le mouvement. Avancer, peu importe la destination, ne jamais regarder en arrière, ne jamais regarder en soi : à ses yeux, l'essentiel d'une vie est ailleurs. Il est dans la création. Joan n'est pas sur la même longueur d'onde. Elle a besoin d'engagement, c'est-à-dire d'une destination, et cela creuse entre eux un fossé infranchissable. Mais elle ne dit rien. Elle profite de ces instants qu'elle sait évanescents. Elle et Bob ensemble, à nouveau. Un souvenir d'or.

Un soir, il insiste pour qu'elle chante *Diamonds and Rust*, cette chanson sublime et triste, la plus belle qu'elle écrira jamais et qui – il en est convaincu – évoque leur relation. « *The unwashed phenomenon, the original vagabond* : c'est moi, n'est-ce pas, Joan ? » La question la surprend. Elle rétorque, sourire en coin : « Bien sûr que non, idiot, je parle de mon ex-mari. » Désormais, elle interprétera *Diamonds and Rust* à chaque show.

Elle l'épate. Il entend sa voix dans ses rêves. Un timbre magique, à chasser le mauvais sort. Il l'impressionne. Petit garçon et vieil homme à la fois, brigand, chevalier : elle envie sa liberté. La redoute, aussi, parce qu'elle le rend insaisissable, incompatible avec l'engagement. Égoïste. À moins que ce ne soit elle qui en demande trop ?

La tournée s'achève. Joan est pressée de la quitter. Bob aimerait qu'elle dure toute une vie. Il suggère qu'ils entaillent leurs poignets pour mélanger leur sang. Elle juge cela puéril. Elle accepte. « Frère et sœur de sang, pour la vie », jurent-ils tous les deux. Elle sera la seule à tenir parole.

*

— Si tu veux en savoir plus sur Bob, pourquoi ne vas-tu pas le voir directement ? balaie Joan d'une moue sardonique, presque méchante. Je suis sûre qu'il ne serait pas insensible à tes charmes.

Des mondes s'effondrent sous Lana. Son estomac remonte dans sa gorge. Elle craint d'avoir froissé son idole, d'avoir tout gâché avec sa question sur la *Rolling Thunder Revue* alors qu'elle venait enfin de gagner sa confiance. Pourtant elle est là pour elle, uniquement pour elle, comment le lui faire comprendre ? Elle se fiche de Dylan. Il est hors catégorie. Presque inhumain. Malgré tout, le couple qu'il a formé avec Joan la fascine. Cette osmose artistique. La façon dont ils ont grandi ensemble, muses réciproques. Leur amour de la musique en écho à celui de leurs corps. Elle a toujours rêvé de cela mais est convaincue d'être trop solitaire, trop étrange, pour que ce genre de rencontre lui soit permis.

Elle affirme, soudain gonflée d'audace :

— Je t'ai posé la question parce que j'aimerais chanter *Diamonds and Rust* avec toi. J'en rêve depuis des années. Ce morceau est un trésor. La beauté pure. Je ne pourrais pas vivre meilleur moment sur scène.

Elle aimerait trouver les mots pour la convaincre que c'est ce titre-là dont elle a envie, plus que tous les autres : parce qu'il dit tout de l'amour et ses regrets, les souvenirs d'or qu'il laisse mais aussi ce goût amer dont personne ne se remet vraiment. Parce que c'est ce morceau que Bob et elle ont joué tout au long de la *Rolling Thunder Revue*, cette expérience poétique et musicale incroyable qui fascine Lana depuis que Mike lui en a parlé.

Joan élude la réponse, retient un éclat de rire juvénile :

— Mais enfin, la moyenne d'âge de tes spectateurs est de, quoi, quinze ans ? Personne ne me connaîtra, quel intérêt pour eux ?

— Les amener à toi, justement. Et puis, beaucoup viennent avec leurs parents.

Elles rient ensemble. Joan lui tend à nouveau la guitare :

— Pourquoi pas, après tout. Voyons d'abord si tu es capable de chanter du Joan Baez.

2005, New York

Tout commence ici, devant ce qui fut le Gerde's Folk City. C'est du moins ainsi que les choses devaient se passer, espérait Lizzy. Oncle Mike lui a tant parlé de cet endroit où il a vécu ses plus grands moments de concert, où d'immenses talents ont éclos. À commencer par Bob Dylan et Joan Baez, qu'elle admire tant – Mike lui a transmis le virus. Seulement voilà : l'immeuble de Greenwich Village au numéro 11 de la quatrième rue ouest, qui abritait autrefois le club mythique, n'existe plus. Tout a disparu. Elle l'ignorait. Mais quand bien même le Gerde's aurait encore été debout, qu'espérait-elle y trouver, au juste ?

L'inspiration. Une communauté de musiciens dont elle aurait pu s'entourer, comme on le faisait dans les sixties. Un secret. Comme si, en pénétrant le lieu où Joan et Bob avaient scellé leurs retrouvailles scéniques, un peu de leur génie aurait pu entrer en elle. Les pierres et les murs portent la mémoire des corps qui les ont frôlés – elle a toujours ressenti cela dans les églises et les bibliothèques. Le poids des racines et des hommes.

Dylan, lui, ne pouvait écrire que dans les trains et les voitures ; le voyage était sa source d'inspiration, pourvu qu'il soit permanent. Elle aimerait être comme lui : en mouvement, une fille de l'air qui n'existe que pour demain. Mais toujours, des lèvres luisantes de sang, le rêve d'un monde meilleur qui déjà n'est plus, la grandeur d'un pays déchu et la robe blanche d'une serveuse insouciante la ramènent vers le passé. Le sien. Celui des vies qu'elle n'a pas vécues. La nostalgie est son moteur et sa malédiction. Elle ne cesse de la fuir pour mieux s'y lover.

L'immeuble du 11 de la quatrième rue ouest a été démoli, remplacé par un autre, plus moderne ; cela lui broie le cœur. Et maintenant, que faire ?

Elle se retourne, s'apprête à se laisser glisser au sol, dos contre les briques rouges du bâtiment construit sur les ruines du Gerde's Folk City, lorsqu'un mouvement attire son regard sur le trottoir d'en face. Un petit homme sort d'une célèbre chaîne de café, un gobelet vert et blanc à la main.

— Parker !

Elle n'a pas vu son ami depuis plus de dix ans, elle n'a pas la moindre idée de ce qu'il est devenu, mais elle est certaine de le reconnaître. Ce léger boitement, cette démarche assurée et ce menton fier, façon de braver le monde et tous ceux qui ne voient en lui qu'un nabot, oui, aucun doute : il s'agit de Parker.

Elle laisse passer une voiture roulant trop vite, traverse la rue en courant pour le rejoindre, mais ralentit avant de l'aborder. Le doute s'empare d'elle. Est-ce bien lui ? Ses cheveux étaient-ils aussi bouclés ? Il porte un blouson en cuir, un jean délavé : est-ce vraiment le genre de Parker ? Mais qu'en sait-elle – après tout, ils ne se sont pas vus depuis si longtemps. Et, même s'il s'avère qu'elle a raison, que lui dira-t-elle ? Qu'elle est en colère, qu'elle lui en veut de l'avoir abandonnée ainsi. Qu'elle a pensé à lui chaque jour, en particulier au pensionnat de Kent, depuis sa disparition. Qu'elle se sent coupable, sans vraiment savoir de quoi. Est-il toujours visité par la dame écarlate, lui aussi, durant ses nuits de cauchemar ?

Et s'il ne la reconnaissait pas ?

Elle accélère le pas, ralentit, accélère de nouveau, se résout à le suivre jusqu'à ce qu'elle puisse apercevoir son visage dans le reflet d'une vitrine et l'identifier avec certitude. Mais il s'engouffre dans une station de métro, rejoint la ligne Q. Le cœur de Lizzy s'emballe. La voilà espionne, comme dans les séries où la filature se déploie d'un wagon à l'autre. New York est un lieu de tournage permanent. Souvent, lorsqu'elle croise un taxi jaune, dépasse un grand hôtel avec portier ou traverse Central Park, elle a le sentiment d'être le personnage d'un film. Idéal, quand on cherche chaque jour à réinventer sa vie.

Elle entre dans la même rame que le petit homme, mais une foule dense les sépare, si bien qu'elle peine à le garder dans son champ de vision. Les stations défilent. Elle craint chaque fois de le perdre. Les passagers autour d'elle remarquent qu'elle est nerveuse, mais ils ne s'en étonnent guère – le métro new-yorkais affiche une concentration d'énergumènes plus élevée que n'importe quel autre endroit.

Il descend à Coney Island, Lizzy sur ses talons. Un vent océanique glacé s'engouffre dans leurs vêtements lorsqu'ils rejoignent le quai. Quelques familles avec poussettes se promènent le long de l'eau. Il marche vite. Elle court presque pour le suivre, tout en imaginant la scène vue par les mères de famille autour. Un petit homme qui trace droit devant lui, une fille trottinant juste derrière : une filature incongrue, légèrement inquiétante. Cela lui plaît.

Il quitte la promenade principale pour s'engouffrer dans une ruelle perpendiculaire, puis disparaît derrière une porte entièrement recouverte de scotch et de journaux. Elle la pousse à son tour. À l'intérieur : un long couloir sombre menant à une seconde porte, derrière laquelle résonne un cliquetis furieux. Elle tourne la poignée lentement, redoutant ce qu'elle découvrira derrière. Et si une bande de gros bras, furieux de son intrusion, bondissait sur elle ?

Mais à sa grande surprise, aucun des occupants, une dizaine de gars pianotant fiévreusement sur leurs claviers d'ordinateur, ne lève la tête vers elle lorsqu'elle entre. Elle avance dans l'allée, jette un œil aux écrans où défilent des lignes de code. Sont-ils des hackers ? Des accros à l'un de ces jeux en réseau ultraviolents ?

— On doit se choisir un nom, dit l'un des geeks, mâchant un chewing-gum avec excitation.

— Pour quoi faire ? répond le type à sa droite, barbe de trois jours et yeux légèrement injectés de sang.

— Pour la légende ! Faire rêver les gosses, enrager les vieux ringards de Wall Street et rendre fous les types de la Réserve fédérale.

— Que penses-tu de Satoshi Nakamoto ?

Lizzy étudie la pièce : celui qu'elle pense être Parker n'est pas là. Il a dû filer par la porte du fond, qu'elle franchit à son tour. De l'autre côté, l'ambiance est radicalement différente. Chopin en fond sonore, lumière tamisée. À droite, huit jeunes femmes sont assises sur un bar particulièrement haut, jambes et pieds nus, surplombant des hommes en costume-cravate à genoux devant elles. Certains suent à grosses gouttes. D'autres rient ou pleurent d'extase. D'autres, encore, sont secoués de frissons. Elle ne comprend ce qui se trame que lorsque l'un d'eux frôle les orteils de l'une des jeunes femmes du bout de la langue, avant de s'évanouir : des fétichistes des pieds !

Un inconnu surgit derrière elle et pose la main sur son épaule :

— J'aimerais beaucoup voir vos talons, mademoiselle. Je paierai le prix qu'il faut.

Elle le dévisage – la cinquantaine, front sérieux, épaisse crinière noire, plutôt bel homme –, envisage un instant de dire oui, puis court vers la porte, dégoûtée.

Celle-ci donne sur un vaste tripot empestant le cigare. Blackjack, roulette, poker, craps. Aux quatre tables de jeu, des hommes vocifèrent en espagnol, accompagnés de femmes portant des robes de perles transparentes qui laissent deviner l'aréole de leurs seins et l'ombre de leurs toisons pubiennes. Lizzy approche les joueurs électrisés, cherche le petit homme parmi eux. Des effluves de jasmin se mêlent à la fumée et la prennent à la gorge. Elle peine à respirer. Des regards furieux la dévisagent tandis qu'elle halète. Elle a soudain peur. Que feront-ils lorsqu'ils comprendront qu'elle est une intruse ? L'une des filles lui désigne une porte d'un signe discret de la tête. Elle s'y dirige avec appréhension : que découvrira-t-elle de plus fou encore de l'autre côté ?

La lumière l'éblouit un instant. L'air pénètre dans ses poumons, elle se redresse : dehors, enfin ! Elle place la main au-dessus de son visage, en visière. Il est là, le petit homme, face à la mer. Elle court vers lui. Cette fois, fini de jouer : « Parker ! »

Il se retourne. Sourcils épais, discrète cicatrice sur le front, lèvres fines. Il pourrait être Parker, oui, mais ses yeux sont d'onyx. Ceux de son ami d'enfance étaient bleus comme l'azur. L'inconnu sourit tandis qu'elle s'approche de lui, la mine défaite.

— Vous n'êtes pas Parker, dit-elle, en guise d'excuse.

— Non. Je ne suis pas Parker. Pourquoi ne me l'avez-vous pas demandé tout de suite, sur la quatrième rue ?

Elle recule, soudain gênée. Un peu honteuse.

— Vous saviez que j'étais sur vos pas tout ce temps... Est-ce pour cela que vous êtes venu à Coney Island ? Pour voir si j'oserais vous suivre jusqu'ici ?

— Précisément.

— Ce club, ces filles… Qu'est-ce que c'est que cet endroit ?

— Ses membres l'appellent la société F. Étonnant, n'est-ce pas ? Je n'y avais jamais mis les pieds avant aujourd'hui. Un ami m'a invité à la rejoindre par cooptation, mais je savais que ce ne serait pas vraiment mon genre.

— Pourquoi y aller aujourd'hui, alors ? Même si je ne vous avais pas suivi, quel intérêt ?

— Cette vie n'en est pas une si nous n'empruntons jamais de détours.

Lizzy soupire, s'accoude à la balustrade, à côté de lui. Le vent balaie ses cheveux. Quelques gouttes d'embruns salés se déposent sur ses lèvres. Se moque-t-il d'elle ? Elle l'observe en coin. Il regarde la mer, l'air absent. Elle médite un instant ses paroles.

— Vous m'avez fait faire un sacré détour, là.

— Pas moi, non : l'ami que vous pensiez suivre. Ce Parker. Mais en vérité, ce n'est pas vraiment lui que vous cherchiez. Sinon, vous m'auriez sauté dessus dès la quatrième rue.

— C'est ridicule. Bien sûr que je voulais trouver Parker, pour quelle autre raison vous aurais-je suivi ?

— Pour le détour. On y prend vite goût.

Il lui tend une carte blanche, sur laquelle le nom « Tessa Di Pietro » est écrit en lettres gothiques, suivi d'une adresse dans le Bronx.

— Qui est-ce ?

— Celle qui vous donnera les réponses. Peut-être.

Il s'éloigne à vive allure, sans se retourner. Elle range la carte dans son portefeuille et contemple l'océan un moment encore. Elle imagine un instant retourner dans la deuxième pièce de la société F. Là, elle accepterait que des hommes en costume lui lèchent les pieds contre d'indécentes sommes d'argent. Une fois chez elle, elle prendrait une longue douche chaude, oublierait Coney Island et songerait aux chaussures honteusement chères qu'elle filerait s'acheter le lendemain, sur la septième avenue, grâce aux dollars des fétichistes.

Peut-être le fera-t-elle, oui.

You've gone to the finest schools
All right, Miss Lonely
But you know you only used to get juiced in it
And nobody has ever taught you
How to live out on the street
And now you find you're gonna
Have to get used to it
You say you'd never compromise
With the mystery tramp, but now you realize
He's not selling any alibis
As you stare into the vacuum of his eyes
And ask him do you want to make a deal?

How does it feel, how does it feel?
To be on your own, with no direction home
Like a complete unknown, like a rolling stone?

D'accord, Miss Solitaire,
Tu as fréquenté les meilleures écoles,
Mais tu sais que tu n'y as appris
Que le vernis des apparences
Personne ne t'a jamais enseigné
Comment vivre dans la rue
Et maintenant tu découvres
Qu'il va falloir t'y faire
Tu disais que tu ne te compromettrais jamais
Avec le mystérieux vagabond,
Mais à présent tu te rends compte
Qu'il ne te laisse aucune alternative
Alors tu te jettes dans le néant de son regard
Et tu lui demandes :
Est-ce qu'on peut s'arranger ?

Qu'est-ce que ça fait ? Qu'est-ce que ça fait ?
D'être livrée à toi-même, sans logis,
Comme une parfaite inconnue,
Comme une pierre qui roule ?

Bob DYLAN, *Like a Rolling Stone*

2006, New York

Lizzy croit d'abord que la carte indique une adresse qui n'existe pas. Que le nain qu'elle a pris pour Parker s'est moqué d'elle, que ce nouveau détour conduit à un cul-de-sac. Elle ne lui en aurait pas voulu. Elle l'a suivi pendant plus d'une heure, jusque dans un immeuble qui aurait pu être le sien : plus d'un, à sa place, aurait appelé la police.

La mystérieuse carte au nom de Tessa Di Pietro indique le 58 *bis*. Lizzy a pris trois lignes de métro, marché plus d'une demi-heure dans un coin du Bronx à peine éclairé pour trouver la bonne rue, seulement voilà : entre le 58 et le 60, il n'y a aucune trace d'un 58 *bis*. Elle vérifie le trottoir d'en face, revient sur ses pas, remonte jusqu'au 54, poursuit jusqu'au 62.

— Merde !

Elle envoie un grand coup de pied dans une poubelle métallique qui se renverse avec fracas. Deux chats faméliques s'échappent en protestant. Elle remonte à nouveau la rue en jurant comme un charretier. Son regard s'arrête sur ce qu'elle pense être une fenêtre aux volets fermés. En vérité, une minuscule porte, recouverte d'une étrange suie noire, comme si elle avait entièrement brûlé. Autour, pourtant, les murs en béton gris sont intacts. Elle frotte l'encadrure avec sa manche. Une plaque argentée, numérotée «58 *bis*», apparaît.

— Toi, tu es le secret le mieux gardé de New York, murmure-t-elle.

Elle frappe. Puisque personne ne répond, elle tourne la poignée et pousse la porte. Un épais parfum d'encens agresse ses narines. Un long couloir sombre s'étire devant elle, au bout duquel elle distingue une lumière ainsi qu'un long tapis rouge invitant à avancer.

— Par ici, jeune fille.

Voix éraillée. Celle d'une fumeuse de cigarette ou d'une alcoolique, songe Lizzy. Elle avance sur la pointe des pieds, moins inquiète que curieuse. Une femme est assise devant une table encombrée d'un indéfinissable bric-à-brac, flacons au contenu non identifiable, livres, plumes, colliers de perles, grimoires, coquilles de noix, minuscules choses blanches ressemblant à des grains de riz ou des os de souris. Elle porte une robe de satin noir. Les murs de la pièce sont tapissés de velours rouge. Trois chats noirs tournent autour de la table, dans une étrange procession. Les effluves d'encens, plus concentrés encore, lui brûlent les yeux.

— Je suis Tessa. Je pensais que tu viendrais beaucoup plus tôt.

— Comment ça ? (Puisque la femme se contente de sourire, elle ajoute :) Un type m'a donné votre carte à Coney Island. Je ne connais même pas son nom.

— Tim. Il fait cela, parfois. M'envoyer des gens. Seulement ceux qui en ont besoin.

— Vous êtes voyante ?

La femme rit :

— Qui croit aux voyantes ? Non. J'aide simplement certaines personnes.

— Je ne suis pas malade.

— Tu pourrais l'être. Ta vie va bientôt changer radicalement. Es-tu prête ?

— Si vous parlez de la musique, je suis plus prête que jamais.

— Un jour, tu penseras que personne ne t'a jamais touchée sans avoir envie de te tuer. Ce sera faux. Il faudra te guérir de telles idées.

Lizzy s'installe en face de Tessa sur une chaise collante, soutient son regard d'ébène aussi longtemps qu'elle le peut, puis observe les chats. Ils continuent de tourner en cercles autour de la table, tels des zombies. Sont-ils drogués ? Mille pensées lui traversent l'esprit. Cette femme ne lui fait pas peur. Sans doute va-t-elle chercher à lui soutirer quelques billets. Tim et elle sont probablement associés dans ce genre d'arnaques : lui repère une fille un peu paumée – ce n'est pas ce qui manque à New York – et la lui envoie. Tessa Di Pietro déballe un discours effrayant mais néanmoins prometteur sur l'avenir, suffisamment vague pour que n'importe qui y trouve son compte, comme dans les horoscopes de magazines.

Une voix lui souffle : « Parle-lui. Continue. Peu importe si elle te pique vingt dollars : de cette rencontre tu pourras au moins tirer un texte. »

— Allez-y, je vous écoute. Qu'est-ce qui ne va pas chez moi ?

— Ton problème est que tu restes profondément fermée aux autres.

— Ah bon ? Peut-être. Et alors, qu'est-ce que je suis censée faire ?

Tessa se tait un long moment, puis répond :

— Rien. Il y a trop d'ombres autour de toi.

Sans qu'elle comprenne pourquoi, ces paroles la font éclater en sanglots. Les larmes roulent à grosses gouttes sur ses joues, s'écrasent sur le bois de la table, humidifient ses vêtements. Elle a honte de pleurer ainsi devant une inconnue sans raison particulière, ou plutôt pour une raison trop obscure pour qu'elle puisse la formuler. Elle tâte ses paupières brûlantes et douloureuses comme si des débris de verre allaient en jaillir. Elle est à nu. Tessa lui tend un mouchoir :

— Tu peux peut-être faire quelque chose, malgré tout.

Lizzy hoquette, s'efforce d'allonger sa respiration pour reprendre son calme.

— Ton énergie : c'est un problème. Elle est concentrée à l'avant de ton corps. Imagine qu'il y a un oreiller derrière toi et que tu peux t'y appuyer, pendant que le sol se soulève légèrement sous tes pieds.

Elle pense aux enregistrements vidéo des concerts de Jeff Buckley, lorsque le musicien sortait du noir pour plonger dans la lumière, son visage entouré d'un halo cristallin. À celui de Jim Morrison, au Hollywood Bowl, où le jeu des lasers le grandissait étrangement. Deux apparitions christiques. Surnaturelles.

— Je crois que les artistes doivent vivre légèrement au-dessus d'eux-mêmes s'ils veulent parvenir à transmettre un morceau du paradis, dit-elle, sans être sûre que cela ait un rapport avec ce que la guérisseuse vient de lui dire.

Tessa ôte ses gants noirs, tend la main vers la joue de Lizzy encore humide, descend vers son thorax.

— Le cœur. Il est la clé. L'intuition et la clairvoyance se logent là. Pas dans les yeux, ni dans la tête. Le cœur : tu dois y concentrer toute ton attention.

Jeff Buckley est mort à trente ans, Jim Morrison à vingt-sept ans. Cette pensée l'assaille comme un coup de poignard. Les murs rouges, l'encens, les chats somnambules : l'atmosphère de la pièce lui est soudain pesante. Elle se lève, fouille son portefeuille à la recherche d'un billet de vingt dollars qu'elle plaque sur la table. La tête lui tourne lorsqu'elle remonte le couloir sombre jusqu'à la sortie.

— À bientôt, Lizzy, entend-elle dans son dos.

Elle s'interrompt un instant. À aucun moment, elle n'a mentionné son prénom.

— Une dernière chose, lui lance Tessa, avant qu'elle ne disparaisse. Dans quelque temps, tu devras enfiler une nouvelle peau et c'est une bonne chose. Tu es douée pour cela. Mais la métamorphose ne sera complète que lorsque tu auras renoncé au « a ».

The box and the key:
I don't have a clue what those are.

Le coffret et la clé :
Je ne sais absolument pas de quoi il s'agit.

David LYNCH, *Mon histoire vraie*

2006, New York

La veille de sa première scène en open mic, à Manhattan, elle prend rendez-vous chez un coiffeur de l'île hors de prix pour faire décolorer ses cheveux. « Un blond platine, s'il vous plaît. » Il n'en faudra pas moins pour balayer la fille de Lake Placid, la lycéenne de Kent, la serveuse de Long Island. Il n'en faudra pas moins pour percer à New York : devenir autre, enfiler une peau différente, afin d'être plus forte. Elle a pourtant conscience qu'une nouvelle couleur de cheveux ne suffira pas. La mutation ne sera complète que lorsqu'elle aura défini un nouveau style. Elle hésite encore. À 21 heures, elle se présente au Martin's vêtue d'un jean baggy trop large et d'un polo sportif vert. L'ensemble, plutôt masculin, tranche avec sa blondeur extrême. Elle est convaincue que le contraste fera de l'effet.

Les spectateurs regroupés par tablées interrompent à peine leurs discussions pour l'écouter. Ils ne sont pas vraiment là pour ça : toute la soirée, des débutants gonflés d'espoir et d'ambition défilent, parfois talentueux, souvent médiocres. Deux ou trois morceaux chacun. Ils sont là pour l'ambiance sonore, personne n'a payé pour les voir. Lizzy enchaîne trois titres dans une relative indifférence générale. Elle en est presque soulagée. Ce n'est pas comme les concerts de la chorale de l'école, où le public était déjà acquis. Elle va devoir apprendre à convaincre. À séduire. Elle n'est pas pressée : la semaine suivante, comme celle d'après, elle s'est inscrite à une autre scène ouverte, dans un minuscule club de Brooklyn. Elle les écumera toutes s'il le faut, qu'importe. Elle fera ses classes, mois après mois. De son premier open mic elle tire une leçon : le style baggy-sportif n'est pas pour elle. Elle doit trouver autre chose pour attirer l'œil et se sentir bien. Sa chère petite sœur, Chuck, pourra peut-être l'aider.

*

Parmi les dizaines de petites annonces auxquelles Lizzy répond pour décrocher un job d'un soir ou d'un week-end, certaines la plongent dans des situations particulièrement étranges. Il lui faut gagner un peu d'argent pour vivre sans puiser dans le petit pécule que son premier contrat lui a permis de mettre de côté. Par chance, le nombre de New-Yorkais nécessitant un coup de pouce pour sortir leur chien, porter de lourdes courses, garder leurs enfants quelques heures, conduire à leur place ou simplement leur tenir compagnie, dépasse l'entendement. Elle aime cela, tenir compagnie. Porter les courses. Sortir les chiens. Elle aime plus encore répondre aux demandes excentriques d'employeurs légèrement fêlés.

En la matière, aucun d'entre eux n'égale la dame à la bûche.

Ce soir-là, Lizzy se présente à 20 heures tapantes à l'adresse indiquée dans l'annonce. Une immense maison du New Jersey, dont la façade décrépie laisse imaginer la superbe d'autrefois. L'endroit devait être magnifique trente ou quarante ans plus tôt.

La propriétaire des lieux ouvre avant qu'elle ne frappe. Visage sans chaleur, robe en laine enserrant un corps raide, larges lunettes carrées surplombant des joues molles.

— Suivez-moi, ordonne-t-elle sèchement.

Le salon est aussi vieillot que l'extérieur. Les fauteuils en velours vert sont décolorés là où la lumière du soleil cogne chaque jour depuis des décennies, à travers les fenêtres. Le tapis est troué par endroits à force d'être piétiné et rongé par les mites. Un feu crépite dans la cheminée noircie. Un tricot entamé traîne sur le canapé, à côté d'une bûche en bois.

— Je ne peux plus conduire à cause de ma vue, dit la femme, tout en remontant ses lunettes qui glissent sur son nez luisant. Je ne peux plus l'emmener boire un milk-shake dans notre *diner* préféré. Elle ne le dit pas, mais je sais qu'elle m'en veut. Elle déprime, vous comprenez ? N'importe qui déprimerait à sa place. Alors, j'aimerais que vous le fassiez pour moi. Chaque vendredi soir, disons entre 20 heures et 21 heures.

L'emmener boire un milk-shake : je vous indiquerai l'endroit. Naturellement, vous pourrez en prendre un vous aussi, à moins que vous ne préfériez un soda.

Lizzy fouille la pièce du regard, à la recherche d'une autre personne, supposant qu'elle parle d'une petite fille.

— Vous avez l'air d'être une personne sérieuse, mademoiselle. Je vous paierai deux fois le tarif indiqué dans l'annonce si tout se passe bien.

— D'accord. Mais je ne comprends pas : de qui parlez-vous ?

— D'elle, bien sûr, dit la femme, en désignant le canapé. Ma bûche.

Lizzy recule d'un pas, étudie la pièce à la recherche d'une caméra dissimulée derrière le rideau ou dans un coin : il s'agit forcément d'un canular.

— Elle dit qu'elle vous aime bien, ajoute l'autre, prenant le bout de bois avec délicatesse, comme elle l'aurait fait avec un bébé. C'est rare. D'habitude, elle n'aime pas les inconnus.

« Me voici donc chez la femme à la bûche », murmure Lizzy, incrédule, sans que l'autre puisse l'entendre.

— Vous pouvez commencer ce soir ?

Elle lui tend le rondin. Lizzy hésite une seconde, puis la prend avec soin dans les bras. Après tout, peu importe s'il s'agit d'un canular ou si elle a affaire à une sombre folle : le job est bien payé et n'exige aucun effort. Alors, pourquoi pas ?

— Je peux commencer ce soir.

Elle dépose la bûche sur le siège passager, l'attache avec la ceinture de sécurité et prend la direction du *diner* indiqué par l'étrange femme, un kilomètre plus loin.

Elle s'installe sur la banquette la plus reculée, pose à côté d'elle la bûche, cachée dans son sac à main. Qu'est-elle censée faire du milk-shake qu'elle va commander pour la bûche ? Le boire ? Le laisser intact ? S'en débarrasser dans les toilettes ? Sa propriétaire n'a rien dit. Elle choisit de le boire.

Elle n'entend pas le serveur discret comme un renard s'approcher de leur table. Elle sursaute lorsqu'il demande :

— Qu'est-ce que ce sera pour vous ?

— Je…

Les mots refusent de sortir de sa bouche. Elle recule machinalement sur son siège, étudie un instant le serveur. Elle n'a jamais vu un visage aussi beau. Son nez grec est porté par des narines fines ; ses yeux en amande, coiffés de sourcils dessinés d'un coup de pinceau, sont profonds comme la nuit. Sa mâchoire assurée est cerclée de deux joues encore rondes des douceurs de l'enfance, ses lèvres sont charnues comme un fruit mûr. Il est entouré d'une étrange aura, mélancolique et belle.

— Je… Un milk-shake à la vanille, s'il vous plaît.

Elle est incapable de détacher son regard de sa bouche. Elle aimerait mordre dedans. Elle aimerait prendre le visage de ce garçon entre ses mains et lui demander pourquoi il semble si triste. Lorsqu'il se retourne, elle étudie sa silhouette gracile, ses fesses fermes roulant dans son pantalon noir, le galbe de ses bras sportifs. Le *diner* est plongé dans un calme claustral, presque celui d'une église, et cela tient beaucoup à lui : il parle si bas que les clients sont obligés de tendre l'oreille et de chuchoter eux aussi s'ils veulent l'entendre. Sa tristesse déteint sur le lieu. Un homme installé au comptoir, en tenue de menuisier, observe la machine à café sans vraiment la voir, les yeux dans le vide. Deux adolescentes près de la fenêtre regardent la circulation défiler au-dehors, sans un mot. Le jukebox enchaîne les chansons d'amour tire-larmes.

Les minutes défilent sans que Lizzy s'en rende compte. À 21 heures, elle quitte le *diner*, salue le serveur qui lui rend un sourire douloureux, puis restitue la bûche à sa propriétaire.

— Oh merci, merci, merci, répète celle-ci, presque avec déférence, tout en serrant le bout de bois dans ses bras.

Lizzy reste sur le pas de la porte, attend un long moment avant que la vieille dame ne réapparaisse.

— Pardonnez-moi, nous avions beaucoup à nous dire. (Elle sort deux billets de vingt dollars d'un portefeuille élimé, les lui tend.) Elle a beaucoup aimé votre soirée. À la semaine prochaine ?

— À la semaine prochaine.

Les deux mois suivants, chaque vendredi entre 20 heures et 21 heures, la jeune femme récupère la bûche et l'emmène boire un milk-shake au *diner* du serveur discret.

Un soir, ce dernier ose lui demander, à mi-voix :

— C'est une bûche, dans votre sac à main ?

Elle rougit, redoute qu'il ne la prenne pour une cinglée, choisit de dire la vérité :

— Oui. Est-ce que vous me croyez si je vous dis qu'une femme me paie pour la sortir, une fois par semaine ?

— Je vous crois. Elle s'appelle Helen, je la connais bien : elle venait ici tous les vendredis, avant.

Le serveur sourit pour la première fois. Son visage s'éclaire. Il a la beauté d'un dieu antique. Lizzy s'accroche à la table, mord un coin de sa lèvre à l'intérieur de sa bouche.

Mon royaume contre un baiser
Rien qu'une seconde contre tes lèvres
Quand je suis avec toi je sens comme une douleur
Doux serveur
Avec toi la nuit ne sourit à personne

Le serveur s'éloigne déjà, l'air de nouveau triste. Quel est donc le secret écrasant le cœur de ce garçon ? Il habite les rêves de Lizzy. Elle élabore des stratagèmes pour le faire parler, rire, le séduire ; elle est amoureuse. Elle pourrait l'attendre après son service, sur le parking du *diner* : « Ma voiture est en rade, pouvez-vous me ramener ? » Elle pourrait le suivre jusque chez lui, repérer son immeuble, se glisser dans le hall : « Vous aussi, vous vivez là ? » Elle pourrait lui parler plus directement : « Vous me plaisez, puis-je vous offrir un café dimanche ? » Mais il risquerait de prendre peur.

Sa pudeur, la façon dont il se défile, l'intrigue et l'excite ; elle n'a pas l'habitude qu'on lui résiste. Est-ce pour cela qu'elle le désire ? Avec les hommes, tout a toujours été facile. Elle choisit ceux avec qui elle veut être. Aucun ne lui dit non, jamais. En quoi ce garçon-là est-il différent ?

Ce soir il lui a souri, pourtant. Un courant est passé entre eux. Il l'a regardée et, l'espace d'un instant, des soleils se sont allumés en elle.

Un vendredi soir, la dame à la bûche ne répond pas lorsque Lizzy frappe à la porte. La jeune femme inspecte la maison. Les volets sont fermés. Aucune lumière ne perce sous la porte. Elle revient le lendemain, puis le vendredi suivant : un panneau « à vendre » est apparu dans le jardin. Elle s'inquiète : que lui est-il arrivé ? Un accident, peut-être : Helen se plaignait de sa mauvaise vue et de son mal de dos. Ou bien elle a déménagé, un membre de sa famille lui a rendu visite, « tante Helen, tu ne peux plus vivre ici toute seule, nous t'emmenons avec nous en Californie » ?

Oui, la vieille femme et sa bûche sont parties pour San Francisco, elles vivent désormais près de Muir Woods, la forêt de séquoias géants. Elles s'y promènent toutes les deux, s'installent sous un arbre et regardent le ciel longtemps, jusqu'à ce que le sommeil alourdisse leurs paupières. Voilà ce que Lizzy décide de croire. Mieux vaut cela que d'envisager l'autre option : Helen est morte, sa bûche a été bazardée comme le reste de ses affaires et terminera brûlée dans l'âtre d'une cheminée du New Jersey.

Son étrange job est terminé. Elle se rend malgré tout au *diner* une dernière fois. Elle pose son sac à main vide à côté d'elle, commande un milk-shake. Avale la boisson glacée le plus lentement possible. La dernière gorgée est presque tiède. Son cœur bat la chamade lorsqu'elle s'approche du comptoir pour payer, se penche pour tendre au serveur discret un bout de papier sur lequel elle a écrit son numéro de portable, ainsi que les mots suivants : « Tout est mieux dans le noir. »

— Appelle-moi quand tu as fini ton service, chuchote-t-elle, pour que les autres clients n'entendent pas.

Elle s'en va sans se retourner, tente de se convaincre que ce garçon serait fou de ne pas l'appeler, ou au moins de ne pas lui envoyer un message : « j'ai terminé », « viens », « je t'attends ». Leur histoire a commencé d'une façon étrangement romantique, elle ne peut pas s'achever aussi brutalement, parce que la femme à la bûche a disparu. « Impossible, murmure-t-elle. Cette soirée n'est qu'un début. »

Mais le serveur discret jettera son numéro juste après son départ.

Il ne l'appellera pas.

Elle ne reviendra jamais boire un milk-shake au *diner* de la femme à la bûche.

Cette soirée était une fin.

2007, New York

Quelque chose est sur le point d'advenir. À l'instant où elle descend de scène, Lizzy le pressent. Elle ne remportera pas le Williamsburg Live Songwriter Competition, ce concours où des dizaines de jeunes compositeurs-interprètes ont, comme elle, présenté un titre. La plupart ont privilégié la sécurité en misant sur des airs qu'elle trouve faciles et vendeurs, inspirés de la soupe qui passe en permanence à la radio – sans originalité mais qui, assurément, accrochent l'oreille. Ils se ressemblent tous. Elle n'est pas comme eux. Elle a pris des risques en jouant l'une de ses dernières compositions. Elle connaît suffisamment ses points forts et ses faiblesses, désormais, pour être certaine d'une chose : elle a été bonne. Mais le jury estimera sans doute que sa musique n'est pas assez commerciale.

À la fin du show, tandis que les vainqueurs repartent en toisant d'un air narquois les perdants, un grand homme au sourire légèrement de travers lui tend sa carte :

— Venez nous voir très vite avec quelque chose.

Elle l'attrape sans y jeter un œil, la range dans son portefeuille à côté de celle de Tessa Di Pietro, feint d'abord l'indifférence, puis le regrette et remercie l'homme :

— Bien sûr, bien sûr, très vite. Je n'y manquerai pas.

Elle serre son sac à main contre sa poitrine lorsqu'elle rejoint le minuscule appartement où l'héberge Chuck, désormais étudiante en photographie – Lizzy a tenu parole : les voilà toutes les deux à New York. Fortes, indépendantes, loin des monstres étranges de Lake Placid et des malédictions secrètes rôdant dans ses rues boisées. La carte est au nom de Van Wilson, qui travaille pour le label indépendant 5 Points Records. Elle l'a immédiatement reconnu mais n'a pas voulu jouer les filles impressionnées. Elle tient sa chance, enfin. Il n'y en aura pas deux.

Surtout, ne pas brûler les étapes. Ses partiels sont dans un mois : elle se concentre d'abord sur ses cours, puis s'accorde quelques semaines pour travailler uniquement sur sa musique. Elle enregistre de nouveaux morceaux, pour ne pas débarquer au label les mains vides.

Le jour J, elle choisit ses vêtements avec soin : jean slim noir, tee-shirt noir moulant. Être sexy sans en faire trop : tel est le style qu'elle s'est enfin choisi. Son long carré blond en jette suffisamment, elle ne veut pas qu'ils la prennent pour une midinette. Avec Chuck, elle répète la scène mille fois : surtout ne pas trop parler, avoir l'air sûre d'elle mais sans arrogance, se montrer professionnelle en tout point.

Ses jambes tremblent lorsque l'hôtesse d'accueil lui indique l'ascenseur, sans lui accorder un regard : « Cinquième étage, à droite. » Elle tente de marcher droit. Le couloir tangue sous ses pieds.

Les locaux du label sont plus petits qu'elle se l'était imaginé. Un stagiaire la fait entrer. Wilson la salue chaleureusement, elle hoquette un bonjour maladroit. Avant de s'asseoir, elle dépose sur le bureau l'album *Sirens* qu'elle a enregistré quelques mois plus tôt sous le pseudonyme de May Jailer, dans un minuscule studio. Ses mains tremblent, mais elle assure d'une voix ferme :

— C'est un disque de jeunesse, je suis déjà loin de ça.

Puis elle pose, par-dessus, quelques extraits de la nouvelle démo qu'elle vient de mettre en boîte.

— Celle-ci est pour vous. C'est beaucoup mieux.

Elle s'installe en face de Wilson et David Nichtern, le patron du label. Tous les deux sont mi-amusés, mi-impressionnés par cette fille qui ne manque pas de cran. À la façon dont elle soutient leur regard, ils devinent sa détermination et son intelligence. Ils sont déjà séduits.

Lizzy, elle, cache ses mains sous la table, se garde d'en dire trop, redoute qu'ils jugent ses cheveux trop peroxydés. Elle aimerait trouver les mots pour les convaincre qu'elle vaut quelque chose. À tant écumer les petites scènes et open mic de la Grosse Pomme, où des milliers d'autres aspirants musiciens jouent plus ou moins les mêmes airs folk-rock, elle a affiné son talent et découvert ce dont elle est capable. Elle est encore chenille en chrysalide, mais elle sait qu'elle peut aller loin. Il lui manque quelque chose. Du *hook*, un truc accrocheur et bien à elle : elle cherche encore. Elle cherchera jusqu'à trouver.

— Merci. Nous vous écouterons avec attention.

Dans le couloir du métro, Lizzy pique un sprint. Elle a besoin de brûler l'excès d'excitation et de stress débordant de ses veines ; elle aimerait hurler, sauter, après tout, pourquoi se retenir ? Mais une fois sur le quai, le doute s'abat sur elle. Ils l'ont certainement jugée ridicule. Ils vont détester sa démo. Ils voient des filles de son genre défiler toute la journée, des petites rockeuses aux rêves plus grands que leur talent, persuadées d'être uniques mais aussi peu originales les unes que les autres. Ils lui préféreront une autre fille, au profil plus consensuel.

De retour à l'appartement, elle s'enferme dans sa chambre, sans un mot, sans dîner. Elle pleure toute la nuit, refuse de raconter à Chuck comment l'entrevue s'est déroulée, se promet de ne jamais remettre les pieds dans un label.

Cinq jours plus tard, elle reçoit un coup de fil d'un numéro inconnu. L'homme se présente : David Kahne, producteur. Il n'a pas besoin d'en dire plus. Elle sait qui il est : il a accompagné Paul McCartney et les Strokes.

— Les gars de 5 Points Records m'ont envoyé votre démo : j'ai adoré. J'aimerais travailler avec vous.

Cette fois, elle ne retient pas le hurlement de joie gonflant dans sa gorge. Tous les locataires de l'immeuble, y compris le vieux sourd du dernier étage collé devant la télévision à plein volume, l'entendent.

Elle rencontre le producteur, signe un contrat, voudrait que tout aille plus vite. Elle attend depuis si longtemps.

— Ils vont te donner dix mille dollars ! s'exclame Chuck, lorsqu'elle découvre le document qu'elle a signé. Qu'est-ce que tu vas faire avec ça ?

— Pour commencer, je vais libérer ton appartement et arrêter de squatter à droite à gauche pour me prendre un endroit à moi. Maman ne pourra plus m'appeler la *couch queen* !

Pas question, pour autant, de flamber l'argent qui, elle le sait, partira trop vite. Elle loue une caravane dans un *trailer park* du New Jersey, l'un de ces terrains occupés de façon quasi permanente par des mobile homes. Des centaines de préfabriqués en tôle et contreplaqué s'alignent le long d'une route tavelée de nids-de-poule. La plupart sont surélevés pour limiter les risques d'infiltration mais, avec le temps, certains se sont affaissés. Les plus récents ont un toit incliné, façon maisonnette, et sont presque coquets. Les plus anciens sont coiffés d'une épaisse mousse verdâtre.

Quelques occupants ont aménagé un jardinet devant leur porte : une poignée de géraniums encerclant une table et deux chaises, ou bien quelques herbes aromatiques luttant pour survivre dans un bac en plastique.

Certaines familles vivent là depuis quinze ans. Le jour de son arrivée, Lizzy sympathise avec un couple dont le fils a tout juste cinq ans : « Chaque année on se promet de l'emmener ailleurs, mais qui peut encore se payer un deux-pièces à New York ? »

Elle aménage son nouveau chez-elle avec des banderoles bricolées, des affiches d'occasion, des guirlandes lumineuses glissées dans des bocaux de verre. « C'est à la fois beau et un peu bizarre », juge Peter, le garçon qu'elle fréquente depuis deux mois, lorsqu'il découvre l'endroit.

Il est étudiant dans la même université qu'elle, il est son premier grand amour. Le jour de la rentrée, il s'est assis à sa droite en amphi. Il écoutait Nina Simone, sentait la mandarine et la cigarette. Il lisait d'obscurs poètes français dans leur édition d'origine pendant la pause déjeuner – Christophe Tarkos, Danielle Collobert – et élaborait de séduisantes théories à leur propos : « Eux seuls savent faire vivre la langue. » Il n'en fallait pas plus pour qu'elle tombe amoureuse.

Peter se réjouit sincèrement pour elle, promet qu'elle deviendra une grande chanteuse, « je serai toujours ton premier fan ». Elle sourit. Elle n'aime guère ce mot, « chanteuse ». Elle aspire à être tellement plus.

Chaque matin, elle prend le métro jusqu'au Bronx pour rejoindre Fordham et étudier la métaphysique.

Les après-midi où elle n'a pas cours, elle voit David Kahne sur Gansevoort Street ou dans le Meatpacking District pour travailler sur son prochain EP.

Le soir, au crépuscule, elle traverse le pont de Williamsburg, s'installe dans un *diner* ouvert vingt-quatre heures sur vingt-quatre, commande une énorme part de gâteau au chocolat qui lui sert de repas et supplie les serveurs de l'autoriser à rester là toute la nuit. Elle retrouve un peu de ce qu'elle aimait tant à Long Island : observer les inconnus. Imaginer leurs vies. Pendant des heures, elle lit des magazines, des biographies de Karl Lagerfeld, Patti Smith, Niki de Saint Phalle.

Le samedi, parfois, elle prend le métro jusqu'à Coney Island, pose la main sur la porte recouverte de journaux menant aux salles étranges de la société F. Puis elle fait demi-tour en songeant à Parker, à l'homme avec lequel elle l'a confondu et à la carte de visite que ce dernier lui avait tendue. Qui est cette Tessa Di Pietro ?

Peu importe. Désormais, elle vit seule dans une caravane, étudie, traîne là où elle veut quand bon lui chante, peaufine sa musique avec un producteur célèbre : elle se sent chanceuse. Libre, surtout : plus qu'elle ne l'a jamais été.

— Allons en soirée, emmène-moi !

Chaque soir, Peter la presse d'aller aux fêtes organisées par le label, où grenouillent d'autres artistes sous signature. Le choix est grand, Lizzy est toujours sur la liste. Si les premières fois elle se réjouit de s'y rendre au bras de son petit ami, elle se lasse vite. Elle supporte mal la compétition non dite, la façon dont tous se jaugent, se comparent, échangent des sourires hypocrites. Elle refuse de faire partie des leurs. Surtout : ils boivent trop, tout le temps, pour se donner de la contenance. Ces soirées sont pour elle une tentation permanente.

Elle connaît les fausses promesses de l'alcool. Elle se bat encore chaque jour pour ne pas y céder. Échoue parfois, *allez, juste un verre*, tombe, se relève, qu'importe : elle se taillera sa part du gâteau par la force du travail, grâce à sa créativité – elle ne laissera pas quelques gorgées de vodka détruire ses rêves, hors de question. Elle croit en l'avenir. Chaque jour elle travaille d'arrache-pied en passant d'un monde à l'autre – caravane, fac, label, New Jersey, Bronx, beaux quartiers. Partout, elle témoigne d'une assurance qui la déroute elle-même. Elle est la fille caméléon. Le reptile qui n'a pas encore fait sa mue.

Kahne est touché par sa détermination. Il en a vu beaucoup, des gamines comme elle, du moins en apparence, convaincues d'être un diamant brut attendant qu'un producteur révèle leur éclat au grand jour. Lizzy est différente. Elle s'appuie sur lui, écoute ses conseils, prend tout ce qui l'aidera à élever sa musique, mais elle n'attend pas qu'il révèle son talent : c'est elle qui mène la barque.

Cette noirceur qu'il détecte en elle sans en saisir les contours, ce spleen attirant et dangereux à la fois, volupté douce, tentation vénéneuse, est un atout diabolique. Si elle creuse ce sillon, à condition de ne pas se laisser submerger, des hommes seront prêts à tuer pour elle. Et les fans se battront pour acheter ses albums. Mais Kahne n'est pas certain qu'elle soit prête. Son label non plus. Trop de risques.

Les mois passent. Les cours et les examens à l'université l'accaparent plus qu'elle ne le voudrait. Le travail sur l'EP avance malgré tout. Lizzy en choisit le titre : *Kill Kill*. Il sort en octobre 2008. Elle s'autorise une coupe de champagne avec Peter pour fêter l'événement. Mais rien ne se passe, ou presque : quelques critiques pointues et positives saluent sa qualité, c'est tout. Elle retient son souffle, s'impatiente, demande à son père, désormais entrepreneur dans le web, de l'aider avec le marketing de l'album à venir. « Si on ne fait rien, il ne fonctionnera pas mieux que *Kill Kill*, tu comprends ? »

Robert acquiesce. Lui soumet une liste de points à travailler. Elle choisit ceux qui lui semblent pertinents, en rejette la plupart, finit par conclure qu'elle doit changer de nom. Pour marquer les esprits et sortir du lot, il faut viser plus glamour, plus fort, plus grand : bam ! Les musiciennes doivent faire rêver au moins autant que les actrices hollywoodiennes. Lizzy doit se débarrasser de la *girl next door* qu'elle incarne encore beaucoup trop.

On top of being a woman
I am scared
And ethereal

Il me faut être une femme
Je suis terrifiée
Dispersée

2019, Californie

Joan et Lana s'installent dans la cuisine. Le soleil de midi dessine des cercles de bronze sur la table. Les parfums de la forêt serpentent jusqu'à elles depuis la fenêtre ouverte : résines, huiles essentielles de pin, herbes sauvages. Des nuages blancs se forment dans le ciel, doucement poussés vers le sud par une brise paresseuse. La journée avance à pas de fourmi. Lana savoure. Elle entame les premières notes de *Diamonds and Rust* :

Well, I'll be damned
Here comes your ghost again

Joan ferme les yeux. Un tic agite ses lèvres. Entendre ces mots, les siens, interprétés par une autre, éveille en elle une nostalgie particulière. Un pincement. Le phrasé musical de Lana, ses lignes mélodiques frôlent la perfection : elle n'a pas de conseils à lui donner. Elle apprécie sa complexité. La force que l'on devine sous sa retenue maîtrisée.

Si elles partagent la même sophistication, la voix de la jeune femme, plus à l'aise dans les graves, n'a pas grand-chose à voir avec celle de Joan à son âge.

Son soprano avait la pureté des cascades et la clarté du printemps, sous laquelle frissonnait une onde tragique. Un journaliste qu'elle appréciait pour son honnêteté avait écrit que sa voix « contenait les échos de femmes noires pleurant dans la nuit, de chanteurs de madrigaux jouant calmement à la cour, de gitans tristes essayant de charmer la mort pour qu'elle quitte leurs grottes espagnoles ». Il y avait en elle plus de douleurs et de fantômes que son jeune âge ne le laissait paraître. Ils nourrissaient sa révolte.

Son timbre d'aujourd'hui, à près de quatre-vingts ans, n'a plus grand-chose à voir avec celui de l'époque. Certains le décrivent comme apaisé et sage. Joan y voit d'abord les méfaits du temps. Elle peut encore chanter en soprano, excelle dans les mélodies graves, mais passer de l'un à l'autre lui est désormais douloureux. Pire : une mauvaise toux ou un excès de fatigue lui interdisent de chanter. Voilà pourquoi dix ans avaient été nécessaires pour réaliser son dernier album, paru un an plus tôt. Dix ans, pour se faire à « la vieille voix de Joannie ». Accepter ce qui n'est plus. Voilà pourquoi, surtout, elle a décidé que la tournée achevée l'été précédent à Madrid serait sa dernière. La fin d'une vie, le début d'une autre : désormais, ses journées seraient dédiées à la peinture, et uniquement à elle.

Lana a écouté l'ultime album de Joan en boucle, avec fascination. Elle n'entend pas l'âge, mais l'expérience. La maîtrise et le feu, toujours là. Saura-t-elle chanter encore ainsi au même âge ?

— Essaie un peu plus haut, suggère Joan, tandis que Lana travaille une nouvelle fois *Diamonds and Rust*. Sois plus précise dans les harmonies. Je me lancerai un ton en dessous.

Lana reprend du début. Au deuxième couplet, Joan la rejoint.

As I remember your eyes
Were bluer than robin's eggs
My poetry was lousy you said

Leurs regards se trouvent, elles partagent un sourire qui éclaire leurs voix. Leur duo fonctionne. Surtout : elles y prennent un plaisir fou, toutes les deux, alors elles continuent, recommencent, tentent un ton plus haut encore, puis un ton plus bas, ajustent leur tessiture. Lana a une voix caméléon. Elle sait se faire velours pour accompagner Joan. Se mettre en retrait pour la sublimer. Joan apprécie sa modestie. Elle se surprend à admirer le résultat, à nourrir la certitude que les spectateurs aimeront, même ceux qui n'auront jamais entendu parler de la vieille dame qu'elle est désormais. Elle brûle de passion pour la peinture mais, *bon sang*, rien n'égale l'euphorie extraordinaire qui la traverse lorsqu'elle chante. Cette pulsion de vie.

Le soleil de la fin d'après-midi lèche la cime des arbres lorsqu'elles estiment tenir quelque chose.

— Voilà comment nous chanterons à ton concert, conclut Joan.

Elle se lève, s'étire, tâte ses lombaires douloureuses. Son dos la fait souffrir, de plus en plus. Une vie à jouer de la guitare debout a abîmé ses vertèbres. La chute, quelques années plus tôt, de la cabane dans les arbres où elle aime dormir à la belle étoile n'a rien arrangé.

— Tu as essayé les massages ? demande Lana, devinant son inconfort.

— Massages, injections, pilules : tout. La seule chose qui fonctionne est le repos. Et la natation, tous les jours, pour entretenir les muscles.

— J'aime l'eau.

— Il y a un lac, près d'ici. Modeste. Il a perdu un tiers de sa superficie en vingt ans, à cause des sécheresses. Mais pour quelques longueurs matinales, c'est idéal. Veux-tu y piquer une tête ?

La chaleur tombe sur leurs épaules comme une cape lourde et transforme le sable du chemin en miroir. La lumière s'adoucit. Elle chahute avec le vent, joue dans la frondaison des chênes et dessine des labyrinthes d'ombre et de feu sur la terre. Les deux femmes rejoignent le sentier serpentant sous les arbres. Une fine poussière ocre s'accroche à leurs sandales. Lana ralentit à l'approche de la berge. Joan s'assoit sur une pierre ombragée, mains autour des genoux. Elle ne se baigne qu'à l'aube.

La jeune femme fait voler ses sandales d'un geste, relève sa robe, entre dans l'eau jusqu'aux cuisses. Les algues fraîches glissent entre ses orteils. Des bulles remontent du fond, caressent ses mollets. Elle noue ses cheveux en un chignon négligé. La sueur a plaqué quelques mèches contre son cou. Elle n'a pas de maillot de bain et est trop pudique pour se baigner en sous-vêtements, alors elle se contente de ces quelques pas. Une part d'elle est toujours sur le qui-vive, inquiète d'un paparazzi en embuscade, d'une photo volée terminant dans la presse people.

Joan sourit. Elle comprend. Les photographes la laissent tranquille, désormais, mais elle s'en méfie toujours elle aussi. Elle étudie la nuque de Lana. Sa courbure délicate. Le velouté de sa peau blanche. La tête lui tourne, sans doute à cause de la chaleur.

*

Une jeune fille s'active aux fourneaux lorsqu'elles regagnent la cuisine. Longs cheveux bruns, peau caramel, regard doux et déterminé. Elle ressemble à Joan.

— J'ai invité Jasmine, ma petite-fille, à dîner. Ça ne te dérange pas ?

— Au contraire.

Joan et Lana s'installent l'une en face de l'autre. Jasmine pose sur la table un saladier de roquette, des petits pois, une omelette aux champignons, des aubergines grillées au four.

— Tout vient d'ici ou des producteurs du coin, précise-t-elle, avant de s'asseoir à côté de sa grand-mère.

Hannah et Gabriel les rejoignent.

— Alors, vous êtes prêtes pour le concert ? interroge ce dernier.

— Je pense : dans tous les cas, nous nous amuserons. Vous viendrez tous les trois, n'est-ce pas ? (Puis elle précise, à l'attention de Lana :) Jasmine chante, elle aussi.

— Oui, et j'écris, ajoute l'intéressée, les yeux pétillants d'enthousiasme. Quelque chose entre le jazz et le folk, mais dernièrement, je me rapproche du rock.

— Tu pourrais peut-être me jouer un morceau après le spectacle ? suggère Lana.

— Avec plaisir !

Jasmine engouffre une grande bouchée d'omelette, qu'elle fait passer avec un peu d'eau. Plus tard, elle dira à sa grand-mère : « C'est fou, Lana est si gentille ! Je veux dire : elle n'a pas la grosse tête. » Joan s'étonne de l'aplomb avec lequel sa petite-fille a accepté de jouer un morceau pour elle. À sa place, et à son âge, elle se serait décomposée de trouille.

Le repas s'achève avec une coupe de raisin. Les paupières de Lana tombent. Elle suppose que tout le monde se couchera tôt, histoire de se ménager avant le concert du lendemain. Joan a proposé de l'héberger pour la nuit. Elle a accepté, touchée. Elle se sent bien dans son ranch. *Certains lieux vous accueillent comme de vieux amis, même si c'est la première fois que vous y mettez les pieds.*

Jasmine et Hannah rangent la vaisselle, Joan se lève d'un bond et se secoue d'une étrange façon, comme pour s'ébrouer :

— Bien. Et maintenant, on va danser ?

2009, New York

Tuer la *girl next door*, devenir une icône. Son père lui a soufflé quelques idées. Elle en a développé d'autres. Des mois qu'elle y travaille jour et nuit : désormais, Lizzy entrevoit le chemin pour y parvenir. Elle est convaincue que sa maison de disques suivra.

— Oui, il te faut un nouveau nom, approuvent-ils tous, managers, producteurs, avocats.

Dès qu'elle leur soumet l'idée, ils se comportent comme si la suggestion venait d'eux.

— Lizzy Grant : trop banal, nous n'osions pas te le dire, assure Wilson.

— May Jailer : ridicule, renchérit Kahne.

— Il faut du glamour, du sexy, du mystère.

— Il faut du rêve, du désir, de l'évasion.

— Du sulfureux. Du sensuel. Du cinéma. Tu dois jouer cette carte-là, Lizzy : la lumière hollywoodienne. L'esthétique gothique doit rester en second plan, c'est bon pour les adolescents attardés.

Rêve, évasion, sensualité : elle pense à ses copains cubains du lycée, à qui elle rend parfois visite à Miami. Elle adore parler espagnol en leur compagnie.

Elle aimerait un nom qui sonne hispanique, qui porte la chaleur de l'Amérique latine. En Floride, l'un de ses amis lui a parlé de la Ford Del Rey, la voiture produite par Ford au Brésil. Enfant, son père en conduisait une lorsqu'ils avaient émigré à Rio de Janeiro. « Une bagnole magique : pour nous, elle était le symbole du voyage et de la liberté. » Voilà pour l'évasion. Et la sensualité ? Le visage de Lana Turner, la star platine de la Metro-Goldwyn-Mayer, incarnation parfaite du mythe hollywoodien, lui vient à l'esprit.

— Mon nom sera Lana Del Ray, tranche-t-elle, choisissant d'orthographier le nom avec un « a » plutôt qu'un « e », pour éviter le rapprochement trop évident avec la voiture.

Les managers, producteurs, avocats approuvent. Elle les laisse prendre les choses en main pour leur donner le sentiment qu'ils la contrôlent, joue avec le désir qu'elle lit dans leurs yeux, mais se braque si la direction qu'ils empruntent ne lui convient pas. Ils voient en elle leur créature. C'est pourtant elle qui les manipule.

L'album sort en janvier 2010 sur iTunes : *Lana Del Ray A.K.A. Lizzy Grant*. Ses deux noms accolés, le nouveau et l'ancien, comme pour mieux marquer la transition, le passage d'une peau à l'autre. Un adieu à son ancien elle. « Et pour ne pas perdre au passage les quelques fans que Lizzy Grant s'est déjà attirés », insiste son père. Sur la couverture, elle porte un bustier incrusté de faux diamants sous une veste de sport. Moue boudeuse, épais trait d'eyeliner noir, chevelure blond platine. Le papillon est prêt à sortir de sa chrysalide.

Mais rien ne fonctionne comme elle l'espérait.

Pire : il ne se produit rien. L'album censé révéler son talent au monde passe presque aussi inaperçu que l'EP. Elle enrage. Qu'ont-ils raté ? Pas assez d'audace, sans doute. Avec leur discours sur le glamour hollywoodien, ils l'ont trop assagie. Lana-Lizzy n'a pas suffisamment creusé du côté de l'ombre. Son intuition lui souffle pourtant que sa beauté et son talent deviennent magnétiques lorsqu'elle laisse surgir en elle les monstres de la forêt.

Que faire ?

Elle écume les *diners* comme une âme en peine, se gave de milk-shakes pour ne pas céder à la tentation des bières, lance des malédictions aux nuits new-yorkaises. Peter lui fait des scènes. Il exige soudain de relire ses textes, « je connais les poètes, moi, je peux t'aider », imagine qu'il a un droit de regard. Son ego enfle à son contact – à moins qu'il ne s'agisse de jalousie. Elle rompt avec lui, enchaîne les flirts de quelques jours avec des types qu'elle plaque aussitôt. Sa colère impatiente l'empêche de nouer des relations sérieuses. Mike et Carole l'invitent à dîner avec Chuck, à Long Island, pour lui changer les idées.

Ses parents viennent lui rendre visite, l'emmènent au restaurant avec Charlie. Elle fait illusion le temps d'une soirée. Reprend ses errances dans la ville dès le lendemain. Le doute menace de l'engloutir.

*

Elle monte d'abord seule sur la scène du festival CMJ Music Marathon, puis le groupe qui l'accompagne pour l'occasion la rejoint – batterie, basse, guitare. Elle porte une robe bleue, deux grandes créoles argentées. Elle a remonté ses cheveux platine en chignon légèrement bouffant, façon Amy Winehouse. Elle joue comme si elle n'avait plus rien à perdre, se donne plus que d'accoutumée pour balayer son désespoir. Ce soir elle pousse sa voix jusqu'à l'extrême possible de l'aigu, la fait plonger vers des graves à la tessiture inédite. Peu importe si le résultat n'est pas à la hauteur : qui l'écoute, de toute façon ? Elle balaie la salle du regard avec la conviction que personne n'est là pour elle. Que nul ne la remarque.

Elle a tort. Un homme dans le public comprend les expérimentations vocales auxquelles elle s'adonne, et pourquoi. Il s'appelle Ben Mawson. Il est manager. Le lendemain du festival, il l'invite à boire un café.

— Les types de ton label ont complètement merdé, assène-t-il.

Avec lui, rien ne traîne. Ses yeux brillent d'une excitation enfantine. Quelque chose en lui émeut Lana-Lizzy.

— Je veux devenir ton manager.

Il a lu ses textes. Il voit la poétesse en elle, le mélange étrange de mélancolie américaine et de radicalité, le côté sale gosse, l'attraction que sa noirceur pourrait exercer, pour peu qu'elle soit sublimée par un écrin à sa mesure. Tout ce que les autres labels jugent trop abstrait pour être vendable. Mais Ben Mawson, comme son associé Ed Millett, sait que la génération d'aujourd'hui est prête pour cela.

— Mon manager ? Rien de ce que j'ai tenté jusqu'ici n'a fonctionné.

— 5 Points Records voulait faire des hits avec toi, mais ils s'y sont pris comme des manches. Ed et moi aussi voulons des hits, mais à la condition qu'ils soient un outil pour asseoir ta singularité, album après album. Nous voulons construire une longue histoire d'amour avec toi, pas un coup d'un soir. Kate Bush, Patti Smith, Madonna : le succès s'écrit sur la durée, elle seule permet les détours dont les artistes ont besoin pour nourrir leur créativité.

Les détours.

Lana-Lizzy signe immédiatement avec eux.

— Cet album avec 5 Points était un faux départ, dit Ed.

— Ensemble, nous allons faire table rase, ajoute Ben. Prête pour le grand saut ?

En avril, Ben et Ed rompent le contrat la liant à 5 Points Records, rachètent les droits de l'album et le font aussitôt disparaître des plateformes en ligne. Dans la foulée, Lana-Lizzy accepte de partir le mois suivant pour l'Angleterre avec Ben.

— Là-bas, tu vas te réinventer, lui promet-il.

Elle acquiesce. Chasse le doute. Elle s'envole pour Londres avec de nouveaux textes et l'envie de dévorer le monde.

So, now I shall talk every night. To myself. To the moon. I shall walk, as I did tonight, jealous of my loneliness, in the blue-silver of the cold moon, shining brilliantly on the drifts of fresh-fallen snow, with the myriad sparkles.

Désormais, je parlerai toutes les nuits. À moi-même. À la lune. Je marcherai, comme je l'ai fait ce soir, jalouse de ma solitude, dans le bleu argenté de la lune glaciale, qui miroite sur les congères de neige fraîche en renvoyant des milliers d'étincelles.

Sylvia PLATH, *Carnets intimes*

2010-2011,
Londres-New York

Chaque fois que Lana-Lizzy met le nez dehors, elle pense à Amy Winehouse. L'appartement où Ben la loge, sur Camden Road, est un taudis à peine chauffé, les murs sont gonflés d'eau, des moisissures noires serpentent le long des plinthes derrière le canapé, mais elle s'en moque : l'endroit est tout près de Roundhouse, la salle où Amy a l'habitude de jouer. Elle imagine la croiser à l'épicerie, dans un parc à rouler des clopes ou planquée dans un pub, coulant des bières avec quelques copains. Que lui dirait-elle ? Rien, probablement. Elle serait bien trop impressionnée par la musicienne anglaise. Elle aime tout chez elle : son look de pin-up destroy, sa voix à la Sarah Vaughan, sa liberté. Comme tant d'autres filles de son âge, elle a écouté des dizaines de fois son album *Back to Black*, s'est identifiée aux histoires d'amour compliquées qui émaillent ses textes ;

We only said goodbye with words
I died a hundred times

ses coups de spleen, ses relations toxiques avec les hommes, ses problèmes récurrents avec la drogue ;

They tried to make me go to rehab
But I said no, no, no

Écrire sur l'amour, les addictions, le noir : si Amy peut le faire, pourquoi pas elle ? Mais avec d'autres mots : les siens. Un ton moins trash ou plus exactement : moins british. Plus indirect. Les hommes, l'alcool, la dépendance : au fond, il s'agit du même sujet, peu importe que l'on parle de l'un pour l'autre. Dommage qu'Amy soit à ce point la proie de la presse people. Chaque semaine, des tabloïds publient des photos d'elle en triste état, de la poudre sous les narines, ivre, complètement défaite. Cela terrifie Lana-Lizzy. Est-il possible de connaître la gloire et d'échapper à un tel déballage ?

Elle fera tout pour se préserver, mais si tel est le prix à payer, elle le payera. Car pour un aspirant artiste, il y a pire que la presse people : ne jamais prendre son envol. Rater le coche puis dépérir lentement. Devenir l'une de ces loques pathétiques s'accrochant à ses rêves d'autrefois, l'un de ces artistes ratés racontant dans les soirées qu'ils ont travaillé avec un grand producteur, sorti un album génial que personne n'a compris, « j'étais trop audacieux pour mon temps », et qui en veulent à la terre entière pour cela.

Elle refuse de devenir une épave. Il lui faut viser plus haut encore, se forger un personnage, comme l'ont fait les plus grands, David Robert Jones alias David Bowie, Louise Ciccone que tout le monde connaît comme Madonna, Stefani Germanotta devenue Lady Gaga. Comme Robert Zimmerman : Bob Dylan. Elle doit coudre son double artistique, le costume avec lequel elle sera plus libre, détachée des fantômes du passé. Un tableau qu'elle pourra corriger d'un coup de pinceau, à sa guise.

— Ne t'interdis rien, l'encourage Ben.

— Si tu penses que la carte du sexy glamour peut t'aider, joue-la à fond. Si tu penses qu'il faut l'abandonner, abandonne-la. Abats tes atouts sans renoncer à ce qui fait ta force : l'intelligence, la mélancolie. Ta voix.

— Il y a ce truc de l'époque, dit-elle, sans être capable d'expliquer ce qu'elle a en tête.

La nuit, elle passe des heures sur Internet, lit la presse, écume les réseaux sociaux.

— Ce truc ?

— Cette qualité étrange qu'a ma génération, désespérée et furieusement consciente à la fois. Celle de Facebook, de l'addiction aux séries et aux jeux vidéo. Celle qui sait qu'elle ne connaîtra pas l'âge d'or mais ne renoncera pas pour autant à réclamer son dû. Inconsolable, violente, gavée de références pop, comme un film de Tarantino. J'aimerais qu'il y ait de cela dans ma musique. Cette folie.

— Alors mets-la.

Elle pense à Amy. Ses immenses chignons façon sixties, sa fascination pour les crooners, sa capacité à digérer toutes les influences. Ses addictions assumées. La *bad girl*, flirtant avec l'autodestruction.

— Du Amy Winehouse, du Sinatra, du Leonard Cohen, mais aussi du trash à la Courtney Love et de l'irrévérence façon Eminem. J'aimerais qu'il y ait de cela dans ma musique.

— Alors mets-le.

— Lizzy Grant aimait déjà tout ça, mais elle était trop sage.

— Finis-en une bonne fois pour toutes avec elle ! Tue-la.

Les pensées tempêtent dans son esprit. Elle imagine des femmes au décolleté aussi plongeant que celui d'Amy Winehouse avant qu'elle ne maigrisse trop.

— Lizzy Grant est morte. Lana Del Ray n'est pas encore advenue.

Sans qu'elle sache pourquoi, les derniers mots de Tessa Di Pietro lui reviennent à l'esprit. « La métamorphose ne sera complète que lorsque tu auras renoncé au "a". » Sur le coup, elle n'avait pas saisi à quoi elle faisait référence et n'avait même pas tenté de le comprendre, trop remuée par l'étrange expérience qu'elle venait de vivre. Et s'il s'agissait de cela ? Elle avait modifié l'orthographe de son nom d'emprunt, Del Rey, afin de maquiller la référence trop évidente au modèle de Ford. Voilà peut-être ce que voulait lui dire la guérisseuse : elle doit assumer ses choix jusqu'au bout. Préférer la franchise et le tranchant aux hésitations infertiles. Renoncer au « a » de « Del Ray ».

— Dorénavant, ce sera Lana Del Rey, annonce-t-elle, plus sûre d'elle que jamais.

Avec l'aide de Justin Parker, un *songwriter* anglais dégotté par Ben, elle compose une nouvelle chanson évoquant une relation sulfureuse avec un homme plus âgé. «*I heard that you like the bad girls / Honey, is that true?*» Ils baptisent le titre *Video Games*. La nuit, elle fouille Internet en quête d'images qui l'inspirent, les collectionne au hasard des sites, les assemble sur un logiciel de montage, les bidouille avec des filtres: des adolescents sautant dans une piscine, des extraits de dessins animés, des couples filant en scooter, des palmiers, la colline d'Hollywood, le drapeau américain flottant aux quatre vents, des stars ivres mortes sous le feu des photographes, les rues de LA, des mouettes, un coucher de soleil californien. Le matin, elle montre sa récolte à Ben. Tous les éléments de sa mythologie sont déjà là, concentrés dans ces vidéos.

— On pourrait les insérer dans le clip, façon «fait maison», qu'en dis-tu?

— Oui. En les mêlant à des images de toi. Des gros plans sur ton visage pendant que tu chantes: simple, efficace. On cherche quelqu'un pour tourner.

— Je veux redevenir châtain.

— Je ne t'ai jamais aimée en blond platine. Tu es plus subtile que ça.

— Je chanterai un ton plus bas que Lizzy, pour que l'on me prenne plus au sérieux.

— Tu as raison, *Video Games* fonctionnera mieux dans les graves.

— Je veux que Lana soit plus voluptueuse qu'elle encore.

Elle connaît le pouvoir de son corps, la fascination qu'il peut exercer sur les hommes. Sa capacité d'adaptation, aussi : la façon dont il mute selon les regards qui se posent sur elle, sait se faire courbes et douceurs ou bien arêtes et lames. Il est capable d'incarner tous les rôles. D'une certaine façon, il l'a toujours fait. La petite fille modèle de la chorale, l'adolescente alcoolique : son vrai moi, celui qui échappe au regard des autres, est ailleurs. Il est dans la poésie. Alors, autant les manipuler tous avec son corps, puisqu'ils sont si nombreux à vouloir la résumer à cela.

— On peut t'aider aussi pour la volupté.

— Je veux que Lana soit plus dangereuse, aussi.

— Elle l'est déjà.

Ils tournent des images d'elle dans sa nouvelle peau. Cheveux bouffants, épais trait noir sous les yeux, lèvres pulpeuses, elle se tient adossée à un mur blanc ou à une porte, chante en minaudant un peu, limitant les expressions de son visage pour cultiver ce qu'elle imagine être un air mystérieux. Elle assemble ces images avec celles collectées en ligne, refuse que d'autres s'en chargent. Ben et Ed la conseillent tout au long du montage :

— Garde ton fil rouge. Ne t'éloigne pas du propos : toi, les États-Unis, le soufre. Au fond, un clip repose sur les mêmes règles qu'un poème. Il fonctionne parce qu'une cohérence secrète noue les impressions de ceux qui l'écoutent.

Elle remonte l'ensemble plusieurs fois, recommence encore, peaufine, jusqu'à ce qu'une version leur plaise à tous. Puis elle poste le clip sur YouTube.

— Les dés sont jetés, résume Ben. Cette fois, je suis sûr que tu vas gagner la partie.

Elizabeth-Lizzy Grant n'est plus. Le monde est sur le point de découvrir Lana Del Rey.

You're beautiful and I'm insane
We're American-made

Tu es beau et je suis folle
Nous sommes américains

2019, Californie

Gabriel et Jasmine marchent en tête, Joan et Lana les suivent de près. Joan a suggéré que tout le monde se rende au club à pied, « Hannah passera nous prendre si nous rentrons trop tard ». Elle déteste utiliser la voiture pour un oui, pour un non. Tant de pollution pour rien. Si les Américains marchaient un peu plus au lieu de sauter dans leur pick-up pour acheter le moindre paquet de chips, le pays serait moins obèse – et plus respirable. Gabriel et Jasmine se tiennent par le bras, rient. Elle aime les voir ainsi : complices. Unis par le même amour de la musique, cette passion qui coule dans leurs veines à tous ; c'est une histoire de famille.

Elle ne peut s'empêcher de s'inquiéter pour Jasmine, malgré tout. Elle aussi désire devenir chanteuse. Mais il lui faudra porter le poids de son héritage. Faire ses preuves deux fois plus, car on comparera toujours ses prestations à celles de sa grand-mère. Se battre pour se faire un nom à elle. Elle devra déjouer les pièges des maisons de disques, celles qui tenteront de lui forcer la main, de l'emmener dans des directions qui ne lui ressemblent pas en lui promettant monts et merveilles.

Et puis il y a les réseaux sociaux.

Démarrer une carrière aujourd'hui n'a plus rien à voir avec l'époque de Joan parce qu'ils sont omniprésents. Ils salissent tout. Comment Lana a-t-elle géré le fardeau de la célébrité, à l'heure d'Instagram et de Facebook ? Les *shit storms*, ces tornades d'insultes qui s'abattent parfois sur les célébrités, pour peu que celles-ci aient tenu un propos un peu idiot, eu un geste maladroit durant une soirée publique ou, pire, aient osé briser le politiquement correct.

Mais les réseaux sont aussi un outil d'une puissance incroyable. Dieu sait l'écho qu'auraient eu la marche contre la guerre du Vietnam à laquelle Joan avait participé à Londres, en 1965, son soutien l'année suivante à Martin Luther King dans le Mississippi, son concert pour les ouvriers agricoles de Californie, les protestations antiguerre en Allemagne de l'Ouest, si elle avait disposé d'un compte Instagram à l'époque… Elle aurait pu tout filmer en direct. Accumuler des preuves. Utiliser sa renommée pour faire avancer les causes qu'elle a soutenues toute sa vie avec d'autres armes.

— Pour quoi te bats-tu, Lana ?

Celle-ci ralentit l'allure, décontenancée. Depuis leur rencontre, elle redoute que Joan lui pose une question de ce genre. La musicienne a été de tous les combats, avec une énergie inlassable, convaincue que la musique ouvre les esprits et donne à ceux qui l'écoutent le courage d'accomplir ce qu'ils n'auraient jamais fait sans cela. Qu'elle peut changer le monde. Joan ne faiblit jamais, se dresse avec un acharnement dont Lana se sent dépourvue.

C'est sans doute une question de génération, songe-t-elle. Celle de Baez a pris part à l'éclosion des libertés individuelles dans l'après-guerre et a cru au progrès. La sienne sait que le plus important des combats, celui pour la sauvegarde de la planète, est déjà perdu. Lana est mélancolique et désabusée parce qu'elle a conscience de vivre sur des ruines. Voilà pourquoi son engagement va d'abord et avant tout à la poésie. Elle seule peut aider à mieux supporter le monde.

— Je suis une artiste, murmure-t-elle avec prudence. Je ne crois pas que la musique ait le pouvoir de changer le monde.

Le front de Joan se plisse. Elle croise les bras et médite un instant les mots de Lana. Gabriel jette un regard en coin à sa mère. Il sait quand la tempête gronde en elle, quand les paroles qu'elle prépare risquent de l'emporter plus loin qu'elle ne le voudrait. Alors, il se dépêche de changer de sujet :

— Voilà le club !

Jasmine attrape Joan et Lana par la main, court presque. Aimantée par l'endroit, balayant déjà sa discussion avec la jeune artiste, Joan prend vite la tête de leur quatuor, salue le videur d'un signe de la tête. À peine entrée, elle fend la foule, rejoint la piste de danse. Lana remarque qu'elle porte des ballerines, et qu'elle est sans doute la plus âgée du lieu.

— Allez ! On y va ! lance Joan, mais Gabriel et Jasmine ne la suivent pas tout de suite.

Lana hésite. Ils sourient :

— Viens boire un coup avec nous d'abord. Elle est partie pour des heures, mieux vaut ne pas s'épuiser tout de suite.

Elle commande un cocktail sans alcool. Le sucre lui monte à la tête. Elle écoute à peine ce que Gabriel lui raconte, la musique afro-caribéenne recouvre sa voix. Surtout : elle est incapable de quitter Joan des yeux, fascinée. L'artiste danse avec des inconnus, frappe des mains, rit à gorge déployée. Elle envoie des signes aux musiciens, saute, elle n'est plus une vétérane folk de soixante-dix-huit ans mais une adolescente aux pieds de fée. Lana achève son verre d'une traite, la rejoint. Joan l'accueille en poussant un cri de joie, l'embrasse, comme si elle retrouvait une vieille amie, l'invite à entrer dans le rythme. À laisser son corps prendre le dessus, s'en remettre à l'instinct, battre le sol en se fiant au tempo des percussions. Lana adore danser mais elle n'a jamais été à l'aise avec cela : l'abandon – du moins, pas lorsqu'il s'agit d'être deux. Elle fait partie de ces filles qui préfèrent danser seules, suivre leur propre rythme sans chercher à plaquer leur mouvement sur celui des autres. La nature d'un tel partage l'effraie, comme si cela avait quelque chose d'indécent.

Mais tout est différent avec Joan. Celle-ci attrape ses mains, la prend par la taille, se moque de ses hésitations. Sa bienveillance l'envahit. Pendant quelques instants, Lana relâche le contrôle. Elle s'abandonne aux sensations que le club éveille en elle, la chaleur des corps autour, les effluves de sueur et d'alcool mêlés, l'euphorie éclairant les visages, et autre chose, encore : cette électricité dans l'air, comme une tension reliant tous les danseurs, une pulsion relevant de l'indicible. L'alacrité du partage.

Elle danse, avec Joan d'abord, puis avec d'autres que celle-ci invite dans leur cercle, des hommes, des femmes ; aucun ne semble les reconnaître, ou bien ils s'en moquent. Lana relève ses cheveux, noue son tee-shirt autour de son ventre, twiste, bondit jusqu'à ce que ses pieds brûlent. Elle est une peau contre les peaux, un souffle épousant ceux des autres, un corps vibrant. Elle n'a plus de passé, plus de futur : elle est dans l'instant présent et se sent capable de danser jusqu'à ce que jamais demain ne vienne.

Une violente crampe dans le mollet la ramène sur terre. Exténuée, elle rejoint la table de Gabriel et Jasmine, qui lui commandent un nouveau cocktail de fruits. La jeune fille lui tend un mouchoir. Lana se tourne vers la salle, imaginant Joan sur ses pas, aussi harassée qu'elle. Non : celle-ci est encore devant la scène, riant avec deux jeunes femmes qui tentent de lui apprendre un pas de salsa.

— J'espère que tu n'as pas trop sommeil… Elle ne s'arrêtera pas avant la fermeture du club, sourit Jasmine.

Lana se cale au fond de sa chaise, bluffée. Elle lutte contre la fatigue qui alourdit ses paupières et formule un vœu secret : « J'aimerais ne jamais m'arrêter de danser, comme elle. »

Ils rentrent à pied pour prolonger encore un peu la soirée. Dans quelques heures, Lana rejoindra l'équipe technique pour préparer le concert. La parenthèse au ranch se refermera. Elle se surprend à déjà le regretter et cela l'agace : la nostalgie des bons moments l'envahit toujours avant même que ceux-ci ne s'achèvent. Elle redresse les épaules, tente de concentrer son énergie, comme Tessa Di Pietro le lui a appris.

Les lueurs de la ville au loin éclaircissent l'horizon. L'éclairage urbain jette une lumière froide sur la route. Jasmine attrape la main de son père. Soudain, la luminosité décline. Un vent chaud soulève des poussières autour d'eux, des petits cailloux viennent taveler leurs mollets. Le tonnerre gronde au loin et, en quelques minutes, la nuit sombre dans un puits de ténèbres. Des trombes d'eau s'abattent sur eux avant qu'ils ne parviennent à la ferme. Ils se serrent les uns contre les autres, par réflexe. La pluie est si dense qu'ils peinent à ouvrir les yeux. En quelques minutes, la route qu'ils remontent se mue en torrent. La violence de l'orage a quelque chose de surnaturel. Gabriel les guide vers la maison, Hannah court à leur rencontre avec trois grands parapluies.

Ils se réfugient sous la véranda, se dévisagent un instant les uns les autres. Leurs vêtements sont imbibés d'eau, leurs cheveux plaqués sur leur visage. Il ne fait pas froid mais Jasmine grelotte sous l'effet de la surprise.

— C’est ce qui s’appelle une sacrée saucée ! dit Joan.

Ils se détendent. Hannah revient avec une pile de serviettes, en lance une à chacun. Lana est ivre de fatigue mais elle reste un moment encore sous la véranda régulièrement traversée par la lumière vive des éclairs. Elle observe Joan frottant ses cheveux courts, Gabriel aidant Jasmine à sécher les siens, Hannah qui s’affaire autour d’eux avec prévenance. La pièce sent le chien mouillé : Ginger les a rejoints, elle aussi est détrempée. Lana grave chacun de ces détails dans sa mémoire. Pour rien au monde elle ne voudrait être ailleurs.

I'm coverin' Joni and dancin' with Joan
Stevie's callin' on the telephone
Cory almost burned down my home
But, God, it feels good not to be alone
But sometimes this ranch feels like my only friend
And life doesn't always work out like we planned
We keep it movin', babe

So we made it back in the middle of the night
To the Louisiana two-step high and bright
And we won't say when, we won't ask why
We won't stop dancin' 'til we die

We'll keep walkin' on the sunny side
And we won't stop dancin' 'til we die
And we won't stop dancin' 'til we die

Je chante du Joni et je danse avec Joan
Stevie appelle au téléphone
Cory a failli brûler ma maison
Mais, mon Dieu, ça fait du bien de ne pas être seule
Parfois ce ranch semble être mon seul ami
Et la vie ne se déroule pas toujours
Comme on l'avait prévu
On continue d'avancer, babe

Alors on a regagné au milieu de la nuit
Cette Louisiane à deux temps, haute et lumineuse
Et on ne dira pas quand
On ne demandera pas pourquoi
On n'arrêtera pas de danser
Tant qu'on ne sera pas morts

On continuera à marcher du côté ensoleillé
Et on n'arrêtera pas de danser
Tant qu'on ne sera pas morts
Et on n'arrêtera pas de danser
Tant qu'on ne sera pas morts

2011, Londres-New York

Les montagnes russes. Spleen, idéal. Tutoyer les étoiles, mordre la poussière. Être accueillie au panthéon du hit-parade, puis rejetée dans la fange putrescente des tabloïds. Lana Del Rey naît avec le clip *Video Games*, balayant pour de bon Lana-Lizzy, Lizzy et Elizabeth. Sa vie entre dans une période de fortes turbulences. Celles-ci laisseront de profondes cicatrices sur sa peau.

Tutoyer les étoiles.

Quelques jours après la mise en ligne sur YouTube, les commentaires affluent. Les internautes s'emballent, ils sont dithyrambiques. « Cette chanson me rend nostalgique de choses que je n'ai même pas vécues. » « Hypnotique, enivrant, j'en ai la chair de poule ! » « Histoire + émotions + féminité + paix + mots profonds + voix étonnante… Cette chanson est plus qu'une chanson, c'est une légende. » « Lana est une déesse vintage qui nous rappelle une époque plus simple, où les corps n'étaient pas aussi avides et où les gens n'étaient pas accros à la technologie. » « Lana Del

Rey n'est pas une personne. C'est une émotion.» «Un message pour les générations futures : ne laissez pas cette chanson disparaître ! »

Lana est installée dans un wagon poisseux du train pour Glasgow, où elle va retrouver son copain du moment, le chanteur écossais Barrie-James O'Neill, pour le week-end. Elle parcourt nerveusement les commentaires à propos du clip depuis son téléphone, scrute en direct les réactions des internautes sur Instagram, épluche les pages de fans qui fleurissent à son sujet sur les réseaux sociaux. Elle voudrait crier à tous les passagers : «Regardez, ils aiment ! »

Heureux pour elle, Barrie-James, qui l'attend déjà sur le quai, lui envoie un message : «La mayonnaise prend, tu as une première critique presse ! Lis ça.»

Tomber dans la fange.

Elle s'apprête à cliquer sur le lien qu'il lui fait suivre lorsqu'une salve d'autres messages inonde soudain son téléphone. Des amies, sa sœur, son manager lui écrivent : «Tu as vu pour Amy ? » «Oh non, non, pas elle... » «RIP Amy, quel cauchemar ! »

Ses doigts se crispent. L'acidité désagréable de l'appréhension tapisse sa bouche. Elle ouvre un site d'actualité britannique au hasard. La nouvelle fait la une : Amy Winehouse a été retrouvée morte dans sa maison au nord de Londres, à Camden. Overdose d'alcool.

L'air cesse de pénétrer dans les poumons de Lana. Elle suffoque, ne supporte soudain plus la promiscuité du wagon, l'oxygène lui manque. Elle s'enferme dans les toilettes pour s'isoler, lit à nouveau l'article, puis des dizaines d'autres, reprenant les mêmes informations. Les messages continuent d'affluer. Elle éteint son téléphone, se laisse glisser sur le sol à la propreté douteuse. Amy était son étoile. Un jour ou l'autre, elles se seraient croisées sur Camden, ou rencontrées grâce à leurs managers. Amy aurait regardé son clip et l'aurait aimé, « pas mal », puis lui aurait proposé d'assurer sa première partie et pourquoi pas un duo, oui.

Le rêve secret de Lana s'effondre. Elle a le sentiment de perdre une grande sœur, une amie. Amy n'est plus, morte à vingt-sept ans. Elle a rejoint le club maudit des vingt-sept, Jim Morrison, Kurt Cobain, Janis Joplin, Brian Jones. Pourquoi les plus grands génies de la musique sont-ils tous fauchés à cet âge ? Lana vient de fêter ses vingt-six ans. Lui reste-t-il un an avant de connaître la gloire puis de disparaître comme eux ? Comment continuer, maintenant qu'Amy n'est plus là ?

Les étoiles.

Glasgow, puis retour à Londres.

La presse est aussi enthousiaste que les internautes, fascinés par le clip de *Video Games*. Les critiques musicales voient en elle une grande artiste et saluent son talent. Les journalistes s'emballent, se livrent à une surenchère la concernant, c'est à celui qui l'aura repérée le premier. *The Scotsman* : « Cette chanson est une ode à la douleur exquise de s'accrocher à une illusion de bonheur. » *The Digital Spy* : « Lana Del Rey travaille actuellement sur son premier album et, si l'on en croit cette vidéo récemment publiée, il s'agira d'une pop avant-gardiste à son sommet. » *The Guardian* : « *Video Games* est le meilleur morceau de 2011. » *Drowned in Sound* : « C'est une chanson pop brillante, magnifiquement exécutée, un vrai classique qui donne des frissons. »

La fange.

— Tu me fais honte.

Julia est l'une des rares amies qu'elle a gardées de Lake Placid. Timide, fervente croyante, mais toujours partante pour une franche partie de rigolade. Après s'être perdues de vue durant quelques années, elles ont pris des cafés ensemble à Lake Placid, lorsque Lana rendait visite à ses parents.

— Tes sous-entendus vulgaires, ton maquillage, ta posture : ta vidéo pue le sexe. Tu me dégoûtes.

Julia la supprime de ses amis Facebook. Après plusieurs tentatives, Lana finit par l'avoir au téléphone :

— Tu sais comment marche la musique, il faut donner un peu de soi.

— Donner de soi ? Tu te prostitues, oui ! Et ta bouche ? Bon sang, Elizabeth, qu'est-ce que tu as fait à ta bouche ?

Lana raccroche avant d'en entendre plus. Elle savait que le clip ne plairait pas à tout le monde. Elle redoutait la réaction de sa famille, mais tous l'ont adoré : son père sait comment fonctionne le marketing, sa mère juge sa voix superbe, Charlie et Chuck sont fanas de son nouveau look. Les amies de sa génération aimeraient forcément la vidéo, elle en était convaincue. Elles seraient ravies de la voir enfin percer, après ces années de galère. Elle avait tort. Passé les premiers messages de félicitations, la jalousie et les attaques émergent. Lana en est profondément blessée.

Les étoiles.

Polydor et Interscope Records ont vu le clip. Ils souhaitent la rencontrer. « Bon sang, tu imagines ? » s'enthousiasme Barrie-James qui, depuis quelque temps, lui rend un peu moins visite à Londres. « Polydor ! Interscope ! Tu vas devenir une star et tu vas m'oublier. » Elle lui assure que non, agacée par le manque de confiance en lui dont il témoigne. Elle signe un contrat avec eux pour enregistrer l'album à venir, dont *Video Games* sera le titre phare. Les récompenses pleuvent. Le single caracole en tête des charts.

La fange.

Elle donne des interviews à New York, Londres et même Paris, où on l'invite quelques jours, répond à toutes les sollicitations des journalistes.

— C'est inouï, confie-t-elle à Ed. Tu te rends compte, ils veulent tous rencontrer Lana Del Rey ! Même à Paris, la ville de l'amour !

— Oui, c'est inouï, mais rappelle-toi que les journalistes sont des chiens. Ils soutiennent en meute, mais ils attaquent en meute aussi.

Elle n'écoute guère ses avertissements, heureuse de son succès, convaincue qu'en toutes circonstances rien ne vaut la sincérité. Confiante en sa bonne étoile, elle se livre à la presse telle qu'elle est : vibrante, passionnée, ingénue. Trop naïve, encore.

Elle était certaine que les journaux français dresseraient d'elle un portrait romantique et doux. À tort. Elle déteste ce qu'ils écrivent sur son compte. *Libération*, 3 décembre 2011 : « Tous les doutes sont permis depuis l'apparition de cette fille sortie de nulle part. Est-ce bien elle qui a réalisé ses premiers clips comme elle le prétend ? Comment est-elle arrivée à un tel buzz en un temps record ? [...] Ses pas sont lents, sa voix faussement timide ressemble à celle d'une lycéenne naïve, elle a des regards de biche égarée. Lana Del Rey n'est pas vraiment à l'aise, surtout lorsque le photographe lui explique qu'il va faire un gros plan sur ses lèvres. Panique : "Oh non, pas ma bouche." Cette bouche ourlée qui provoque tant de railleries n'est pas franchement assumée par l'intéressée, qui, après négociations, se laissera aller et aura même plaisir à prendre la pose. La biche prise dans les phares se mue en femme fatale. »

Biche égarée, femme fatale : les journalistes n'ont-ils que des clichés aussi grossiers dans la cervelle ? Pourquoi ne s'intéressent-ils pas plus à sa musique ? Le consensus bienveillant dont elle bénéficiait jusqu'à présent se fissure. Les commentaires portent de plus en plus sur ses lèvres, son physique ; son authenticité est remise en cause. Quelque chose lui échappe. Elle doit reprendre le contrôle, mais comment ?

Un soir, ne sachant vers qui se tourner, elle envoie un message à Allan Muller, l'un des tout premiers journalistes à s'être intéressés à sa musique, avec qui elle avait pris quelques cafés. « Allan, pourquoi s'acharnent-ils tous sur moi, soudain ? » Il tarde à répondre. Elle le relance plusieurs fois, sans prendre la peine de dissimuler son désarroi. Après une semaine, il se contente de lui envoyer quelques mots succincts : « C'est comme ça, c'est le jeu. »

De quel jeu parle-t-il ? C'est sa vie dont il est ici question.

Elle enfile des vêtements de Chuck au hasard, pantalon large, sweat à capuche et veste militaire, comme si cela pouvait lui permettre d'échapper à Lana Del Rey, l'espace de quelques heures au moins. Déterminée à obtenir des explications, elle marche jusqu'à la rédaction du *Musical Reporter*, l'un des magazines qui l'ont encensée avant de l'enfoncer. Elle se plante devant la porte d'entrée, au quatrième étage d'un immeuble poisseux du sud de Manhattan. Et se dégonfle. Que dira-t-elle ? Ils se moqueront d'elle puis raconteront sa visite dans leurs pages, l'accablant un peu plus encore.

Elle appelle l'ascenseur pour redescendre mais ne le prend pas, bouillonnant d'un désir de vengeance inédit. Elle s'approche de la porte du *Musical Reporter* sur la pointe des pieds, se racle la gorge et crache un mollard sur la poignée. Elle détale en courant par les escaliers, incapable de retenir un fou rire nerveux en imaginant la tête du prochain journaliste qui aura la mauvaise surprise d'entrer dans la rédaction.

Son euphorie retombe dès qu'elle rejoint la rue. La mesquinerie de sa petite revanche n'a rien apaisé. Sa colère l'encombre ; elle est mauvaise camarade, piètre conseillère, pire que les ados rebelles de Lake Placid qui l'entraînaient dans leurs beuveries.

Elle pousse la porte du premier bar sur son chemin, s'installe au comptoir. Lorsque le serveur lui demande ce qu'elle veut, elle ne répond pas, le regard fixé sur les bouteilles de whisky bon marché trônant derrière lui.

Un verre.

Juste un petit verre.

Personne ne sera au courant, pas même Chuck, alors quelle importance ? Un verre. Après tout, elle sait se maîtriser, maintenant. Rien qu'un petit whisky, et elle retournera à la sobriété aussi sec.

Elle étudie les bouteilles. Jack Daniel's, Hunter's Glen, Jim Beam : rien qu'elle apprécie vraiment, pas assez de tourbe ni d'évasion dans ce choix qu'elle juge de piètre goût, mais qu'importe. Elle connaît le plaisir intense que lui procurera la morsure de la première gorgée. Cette brûlure bienfaisante le long de son œsophage qui balayera tout, les angoisses, les mauvais articles de presse, la rage. Alors que cette perspective lui redonne enfin le sourire, elle croit apercevoir, l'espace d'une seconde, un visage connu dans le miroir se dressant derrière l'étagère d'alcool. Celui de la dame écarlate.

Elle ferme les yeux, enfonce une canine dans sa lèvre inférieure, le cœur serré de honte et de douleur. Craquer maintenant, à cause de ses détracteurs, serait pathétique. D'une certaine façon, ce serait leur donner raison.

Elle quitte le bar sans prêter attention au serveur qui la houspille parce qu'elle n'a rien consommé et prend le métro, direction le Bronx. Une seule personne est susceptible de l'aider à y voir plus clair, à sortir du brouillard : Tessa Di Pietro.

*

— Je t'attendais, dit celle-ci, tandis que Lana s'installe sur la chaise poisseuse en face d'elle.

Les chats zombies ont disparu. Un peu plus de bric-à-brac s'est accumulé sur la table, des billes bleues, un pendentif en forme de serpent, des petits biscuits à la cannelle, comme ceux que l'on sert dans les cafés français. Tessa porte un turban multicolore, une robe sombre recouverte de broderies. Elle a ôté les bagues qui encombraient ses mains la dernière fois.

— Ce sera pire encore, dit-elle, puis ça s'améliorera.

À ces mots, Lana fond en larmes. Tessa se lève, l'entoure de ses bras, pose un baiser affectueux sur ses cheveux. Lana enfonce les narines dans sa poitrine, s'enivre un instant de son parfum fleuri.

— Prends un biscuit.

Lana, réticente, s'exécute – depuis combien de temps les gourmandises traînent-elles sur la table ?

Elle croque d'abord du bout des lèvres, puis n'en fait qu'une bouchée. Le sucre l'apaise instantanément, tapissant sa bouche d'une douceur réconfortante.

— Je ne sais pas vraiment pourquoi je suis venue, dit-elle. Je suppose que c'est ce que font les gens lorsqu'ils sont désespérés, n'est-ce pas ? Ils viennent vous voir pour obtenir des réponses et vous les faites payer.

— Quelles réponses ? Je te l'ai déjà dit : je ne suis pas voyante. Et puis, t'ai-je déjà demandé de l'argent ?

Lana soupire. Le portrait d'une femme âgée, accroché au mur en face d'elle, la dévisage. Ses joues sont étonnamment creusées. Ses yeux : deux billes noires et austères. Elle détourne le regard, mal à l'aise. Elle ne l'avait pas remarqué lors de sa première visite. La vieillarde de la photo paraît vivante et semble porter sur elle un jugement sévère.

— Je le répète, au cas où tu ne m'aurais pas entendue : ce sera pire, puis ça s'améliorera. Mais au fond, tu le sais déjà. Tu n'es pas venue pour cela.

— Ah ? Pourquoi suis-je venue, alors ?

— Parce que tu as peur. Plus que ça : tu es morte de trouille.

— Peut-être, oui. (Elle décale un peu sa chaise sur la gauche, pour échapper au regard dur de la vieille.) Il y a cette femme que j'ai croisée enfant, dans ma ville natale. C'était un matin à l'aube. Elle était là, nue, la bouche barbouillée de sang – ou du moins, de quelque chose de rouge –, et marmonnait des paroles étranges. Depuis, je pense sans cesse à elle. Elle me hante.

— Chasse-la de ton esprit. Tu n'es pas elle.

— Je ne fais que ça, la chasser. Mais elle revient toujours.

Elle croque un autre gâteau à la cannelle, enfonce les mains dans les poches de la veste de Chuck. Sa petite sœur sera agacée lorsqu'elle découvrira qu'elle a emprunté ses vêtements, mais elle lui pardonnera presque aussitôt, puis se moquera : « Tu ne ressembles à rien : personne ne pourrait imaginer que la sexy Lana Del Rey se cache dans ces fringues ! »

— Dans quelque temps, bien plus tard… reprend Tessa, avant de suspendre sa phrase.

— Dans quelque temps quoi ?

— Dans quelque temps, quand tu apercevras le garçon perdu, tu sauras qu'il est temps de partir vers la lumière.

Comme lors de sa précédente visite, Lana a soudain le sentiment d'étouffer. Les propos obscurs de Tessa la remuent. Il lui faut s'éloigner, vite. Rejoindre la rue pour respirer.

— Le garçon perdu, la lumière, OK, dit-elle, tout en sortant un billet de vingt dollars.

Elle se sent obligée de donner quelque chose à Tessa, même si celle-ci n'a rien demandé.

— Partir vers la lumière, oui. Tu devras le faire immédiatement, sinon les monstres te rattraperont.

*

La sortie de l'album *Born to Die* est prévue le 27 janvier 2012. Deux semaines avant, le *Saturday*

Night Live, l'émission phare de la chaîne NBC rassemblant des millions de téléspectateurs américains chaque soir depuis 1975, l'a invitée à se produire en direct.

— Le *SNL*, tu imagines ? Avant même que ton album soit sorti ! C'est énorme. Tu es déjà une star.

Ed s'emballe, les labels sont sur les dents. Tout est prêt pour la sortie du disque. Celui-ci est bon. Elle le sait. Elle a l'habitude de chanter sur scène, elle le fait depuis des années. Mais cette fois, c'est différent : le direct, la télévision, la pression. Combien seront-ils à regarder ses lèvres plutôt qu'à l'écouter chanter ?

— Tu vas assurer, comme toujours, l'encourage Ed.

Au lieu de la réconforter, ces paroles l'angoissent un peu plus encore. Elle a peur de les décevoir tous. Elle n'est plus certaine de savoir ce qu'elle veut.

Le grand soir arrive. Elle porte une robe de dentelle blanche, moulante, légèrement transparente – mais pas trop. Juste ce qu'il faut de sexy, sans tomber dans le vulgaire. Maquillage, brushing, ongles : elle est sublime. « Tu vas les bluffer », promet Justin, son *songwriter.* Elle s'est engagée à interpréter deux titres : *Blue Jeans* et *Born to Die.* Au moment de monter sur scène, elle pense à ses parents, devant leur écran. À Justin, à Ed, aux producteurs. Elle pense à Julia. À l'album prêt à sortir. À son succès sur le point d'éclore. Ce soir, elle doit être la meilleure. Elle n'a pas le choix. Et elle se vautre.

Sa prestation est douloureuse à regarder. Sur *Born to Die*, elle tient à peu près sa voix, mais celle-ci lui échappe sur *Blue Jeans*. Elle déraille, dérape, ne lui obéit plus. Surtout, Lana semble embarrassée par son propre corps. Gênée par la créature qu'elle a créée. Son visage est à peine expressif, elle minaude légèrement. Elle ne sait pas quoi faire de ses mains aux ongles violets alors elle palpe maladroitement ses hanches, remet en place une mèche qui n'a pas besoin de l'être, dessine des cercles imaginaires devant elle.

Peu concentrée sur ce qu'elle chante, elle se répète intérieurement : « Aie l'air mystérieuse, sexy, une icône », mais chacune de ses tentatives tombe à plat. Pire : incapable d'occuper correctement la scène qu'elle arpente mollement de long en large, elle oublie une partie de son texte. Elle mâche les mots et parfois même chante faux.

Tessa avait dit : « Ton énergie : c'est un problème. Elle est concentrée à l'avant de ton corps. » Voilà exactement ce qui se passe. Lana n'est pas alignée avec elle-même. Sa colonne d'air n'est pas droite, son attention n'est pas concentrée dans son cœur, ni même dans ses yeux ou sa tête : elle s'est dissoute quelque part dans la salle, balayée par les angoisses et le vent mauvais des inquiétudes.

Elle tente de se rattraper mais s'enfonce. Le public est mal à l'aise. Personne n'ose la huer car les spectateurs ont mal pour elle, mais les applaudissements sont mous. Déjà, certains pianotent des commentaires assassins sur les réseaux sociaux depuis leur téléphone. Désormais elle n'attend plus qu'une chose : la fin de son calvaire. Sortir de scène.

Elle s'enferme dans sa loge, demande à ne voir personne, rassemble ses affaires en vitesse. Elle ne veut pas s'effondrer ici. Elle enfile des lunettes noires et un bonnet bleu marine pour rejoindre la voiture qui l'attend dehors pour la ramener chez elle. Sa peau est douloureuse et glacée. Elle n'a jamais été aussi mauvaise et elle le sait.

Les jours suivants, son clan se resserre autour d'elle. Ses parents, Chuck et Charlie, son oncle Mike et sa tante Carole, Ed, Barrie-James. Ils la cajolent, la couvrent de ses sucreries préférées et de paroles rassurantes. Tous ont lu les commentaires publiés dans la presse et sur le Net à propos de sa prestation. Aucun d'eux ne les mentionne, mais ils échouent malgré tout à apaiser Lana. Elle est convaincue que sa carrière est fichue. Elle regarde le replay du *Saturday Night Live* des dizaines de fois. Elle reconnaît à peine cette fille jouant les starlettes glamour, incapable d'enchaîner correctement les refrains. Pathétique.

— Ta carrière commence à peine, assure Barrie-James. Tu t'es plantée, et alors ? Tu sais ce que tu vaux. Tout le monde a droit à l'erreur : ton prochain concert sera un succès et tu les mettras tous à genoux.

— J'en doute fort.

— N'oublie pas que l'Amérique est le pays des

deuxièmes chances. Elle adore les revivals et les comeback.

Lana se love tout contre lui, aimerait se dissoudre dans son torse chaud. Barrie-James est musicien, il est passé par là, lui aussi – les espoirs, les déceptions. Il a raison : elle sait ce qu'elle vaut. Pourquoi, alors, a-t-elle tant de mal à respirer ? La honte est la pire des blessures pour les audacieuses.

Les étoiles, la fange, le firmament, la douche froide : l'album *Born to Die* sort enfin et les émotions contradictoires écrasent Lana. Les critiques applaudissent. Beaucoup saluent le savant mélange de dance, musique électronique et pop baroque drapé de références cinématographiques. « Production immaculée. » « Mélodies magnifiques. » « Puissance émotionnelle. » Amour, sexe, drogue : Lana poursuit sa mise à mal du rêve américain, tout en glamourisant les décennies passées. Sa nostalgie séduit le public, en particulier adolescent. Le succès est planétaire et immédiat.

Tout comme le backlash. Dès la sortie de l'album, certains poursuivent plus violemment encore leur procès en inauthenticité. Sa musique et sa personne sont aussi faux que ses lèvres, conspuent-ils. Elle est une poupée créée par les majors, la marionnette de managers sans scrupules, un coup marketing qui ne sera qu'un feu de paille. La haine se déchaîne sur sa personne. On fouille son passé. On exhume les quelques vidéos des open mic de Lizzy Grant traînant encore en ligne. On lui reproche d'avoir purgé le Net de ses échecs passés : voilà la preuve qu'elle est une menteuse. Une arnaque.

Et puis ces lèvres, ces lèvres, quel scandale ! Quelle impudeur ! Quelques critiques que personne ne veut entendre prennent néanmoins sa défense : qu'est-ce que l'authenticité dans l'art ? Tous les grands musiciens se sont inventé un personnage, et aucun n'a subi la même attaque. Est-ce parce qu'elle est jeune, jolie, ambitieuse et extrêmement douée qu'elle suscite un tel déchaînement ?

— C'est de la jalousie, tout simplement, affirme sa mère.

— L'essentiel est qu'on parle de toi, ajoute son père. Il n'y a pas de mauvaise publicité.

— Ça va passer, tu verras, promet Chuck.

— D'accord, mais quand ?

Le clip de *Video Games* est parodié par les internautes. On lui accole un bec de canard. On extrait les passages les plus ratés du *Saturday Night Live* pour prouver qu'elle n'a aucun talent. Elle regarde tout, lit tout, reçoit les attaques en pleine figure. Elle saigne. L'album que tous trouvaient génial devient soudain raté aux yeux de la presse, ennuyeux, superficiel, un faux orgasme.

Ils la lapident et ils adorent ça.

Elle met un genou à terre.

Mais elle ne s'effondre pas.

Ils ne savent pas encore qu'elle est immortelle.

Passé le choc, leur haine nourrit sa colère, leur acharnement l'inspire : elle leur prouvera, à tous, qu'elle n'est pas un feu de paille. *Ce sera pire encore, puis ça s'améliorera.* Elle se remet au travail, ardemment. Cesse d'éplucher Internet. Elle a une revanche à prendre. Elle retient la leçon : plus jamais elle ne s'exposera à ce point. L'exemple d'Amy Winehouse aurait pourtant dû lui servir de leçon, comment a-t-elle pu l'oublier si vite ? Comme elle, elle s'est laissé aveugler un instant par les lumières de la célébrité.

Mais elle n'est ni la biche effarouchée, ni la femme fatale de leurs fantasmes : les journalistes sont des chiens galeux à qui elle ne donnera plus aucun os à ronger. Elle se réfugie dans l'écriture et se fait une promesse. Désormais, elle protégera sa vie privée bec et ongles. Et elle mordra ceux qui l'attaquent.

Paradise is very fragile and it seems
that it's only getting worse
Our leader is a megalomaniac and we've seen that before
But never because it was what the country deserved [...]
I had big dreams for the country
Not for what it could do but for how it could feel
How it could feel and how it could dream.

Le paradis est un endroit très fragile
et j'ai l'impression que ça ne fait qu'empirer
Le président est un grand mégalomane
nous avons déjà connu ça avant
Mais jamais parce que nous le méritions [...]
J'avais de grands projets pour ce pays
Pas pour ses actions mais pour ses émotions
Ses pensées et ses rêves.

2019, Californie

Elles se tiennent toutes les trois face au miroir de la loge. Joan, léger sourire aux lèvres. Lana, concentrée, regard noir de stress. Jasmine entre elles deux, euphorique, pensant déjà à la vidéo TikTok qu'elle enregistrera pour raconter l'expérience à ses followers: « J'ai chanté pour Lana Del Rey, vous imaginez ? »

Joan étudie son reflet. Pendant un instant, elle lui superpose le visage de la jeune fille qu'elle était autrefois, la gitane à la voix d'or dévorée par le trac. Le trac: cela lui valut un certain malentendu avec le public, au tout début. Avant qu'elle ne commence à jouer, certains jugeaient froide, voire hautaine, cette musicienne muette se tenant raide face à la salle, le regard légèrement dans le vide, excessivement timide. S'ils avaient ressenti ne serait-ce que le quart de l'angoisse qui la dévorait alors, auraient-ils porté un jugement moins dur sur elle ? Si elle le pouvait, elle soufflerait à la jeune Joan de ne pas avoir peur. Avec les années, l'intensité du trac diminue jusqu'à s'évanouir, ou presque. L'expérience a cela de bon: parcourir le monde et se pencher sur la peine des autres aide à relativiser la sienne. Quelle importance, au fond, si le début d'un concert est un peu raté ?

Rouler sa bosse lui a également enseigné autre chose : l'humour est un remède à presque tout. Rien de mieux qu'un trait d'esprit pour se mettre l'audience dans la poche et lui faire oublier une maladresse musicale. Les spectateurs pardonnent plus facilement aux artistes qui savent rire d'eux-mêmes qu'à ceux qui se prennent trop au sérieux. L'humour a toujours été son arme, même si elle est parfois allée trop loin. Il y a quelques années, une cinquantaine de personnes avaient subitement quitté l'un de ses concerts : elles n'avaient pas apprécié sa blague sur George W. Bush, trois neurochirurgiens et le cul d'un cheval. Ses opinions ne sont pourtant un secret pour personne.

— Qu'est-ce qui te fait rire ? l'interroge Jasmine.

— Je repensais au stress qui me tétanisait autrefois, lorsque je montais sur scène. Je ne sentais plus mes jambes, mes oreilles sifflaient… Il est incroyable que je ne me sois jamais évanouie en plein concert ! Tu connais ça toi aussi, Lana ?

Celle-ci s'ébroue un instant, comme si ces paroles la tiraient d'une profonde réflexion.

— Oh oui. J'ai même raté mon premier concert en direct à la télévision à cause de ça. Un cauchemar. Mon premier album sortait quinze jours après, et la Toile entière se moquait de moi. On me qualifiait d'arnaque. De poupée creuse fabriquée par les labels. J'ai cru que cette gaffe me coûterait ma carrière.

— Mais finalement tu es là, presque dix ans après, et tout le monde a oublié.

— Pas moi. Mais maintenant, j'ai mes trucs contre le stress. Mes rituels avant de monter sur scène, dit-elle avec un air de mystère suggérant qu'elle ne les dévoilera pas.

Elle replonge dans l'observation de son visage, fait le vide en elle et songe à ces phrases que des inconnus lui ont offertes un jour et que, depuis, elle chérit comme des mantras.

Imagine qu'il y a un oreiller derrière toi, et que tu peux t'y appuyer, pendant que le sol se soulève légèrement sous tes pieds.

Cette vie n'en est pas une si nous n'empruntons jamais de détours.

Elle se répète ces mots et, soudain, ce n'est plus seulement Lana Del Rey qui se tient en face d'elle dans le miroir mais Elizabeth, Lizzy, Lana-Lizzy, toutes les filles qu'elle a été et toutes celles qu'elle sera, toutes celles, réelles ou imaginaires, dont elle parle dans ses chansons, ces *American girls* tentant d'échapper à leur condition, jouant avec les hommes et leurs addictions, trop lucides pour être heureuses. Les petites sœurs de Sylvia Plath. Les filles pour qui rêver est dangereux.

Ceux qui la conspuent voient dans ses paroles une glamourisation de la violence faite aux femmes. Elle n'a jamais compris ce procès. Il est injuste. Ne voient-ils donc pas que ses textes sont au contraire sa façon à elle de se réapproprier ce qu'elle et tant d'autres ont vécu, de faire à nouveau sien ce corps objet de tant de fantasmes qu'il pourrait facilement lui échapper ? D'exposer ses fragilités, aussi. D'être la voix de toutes les dames écarlates, de toutes les *desperate housewives* gâchant leur vie à préserver les apparences tandis que dans leurs intérieurs cosy elles meurent à petit feu, étouffées par un déguisement que d'autres ont taillé pour elles.

Ses textes ne sont pas politiques comme ceux de Joan, mais ils n'en sont pas moins radicaux. Elle parle pour toutes celles qu'on refuse de croire parce qu'on pense qu'elles méritent ce qu'elles ont subi.

— Lana, c'est quand tu veux.

Le technicien lui fait signe de monter sur scène. Elle pose une main sur l'épaule de Jasmine, puis celle de Joan. Elle n'a pas peur. Ces quelques jours à la ferme l'ont remplie d'une confiance nouvelle. Et puis, elle a un autre truc contre le trac : c'est elle qui contrôle le concert de A à Z, change l'ordre des morceaux si cela lui chante, fait signe aux musiciens d'écourter ou d'improviser. Personne ne peut la surprendre. Elle est la capitaine.

Elle jette un coup d'œil à l'extérieur avant de se diriger vers la lumière. L'ambiance est électrique. Les arènes sont pleines à craquer, ceux qui n'ont pas trouvé de place pour s'asseoir se serrent sur la pelouse. Beaucoup tapent des mains en scandant son nom : « La-na ! La-na ! »

— Ça fait des heures qu'ils sont dans cet état, lui dit le technicien. Il y a des embouteillages autour du théâtre depuis cet après-midi, je n'ai jamais vu ça.

Des palmiers, des arbres et des feuilles de vigne ont été installés sur la scène, au bout de laquelle son pianiste l'attend, debout près du Steinway à queue. Elle lui fait un signe de la main, se lance. Les spectateurs hurlent son nom, applaudissent ; elle est en terrain conquis. Elle entame le set par le titre phare de son dernier album, *Norman Fucking Rockwell !*, s'approche du public pour lire les mots écrits sur les pancartes en carton à son attention : « Lana on t'aime », « Lana queen », « tu es si belle ! ».

Elle prend son temps. Inspire longuement entre chaque morceau. Elle n'a pas trouvé mieux pour maîtriser la tempête montant en elle. Elle se place près du piano, souffle à ses musiciens le prochain titre. Elle entame la ballade *Bartender*, puis fait signe aux autres d'arrêter de jouer. Le jeu des éclairages se concentre sur elle. Le reste de la scène est plongé dans l'obscurité. Elle observe un instant la foule, mouvante, respirante, comme un organisme unique. Un sourire malicieux se dessine sur ses lèvres :

— Ce soir, nous allons accueillir quelqu'un de très spécial et très cher à mon cœur. Elle n'est pas seulement l'artiste féminine la plus importante des sixties et des seventies. Elle est surtout l'autrice-compositrice la plus généreuse et spirituelle que je connaisse. Voici Joan Baez, et nous allons chanter ensemble son magnifique *Diamonds and Rust* !

Joan la rejoint sur scène, jean et veste noirs, guitare à la main. « Bonjour, les enfants ! » lance-t-elle, avant d'entamer le morceau, concentrée. Sérieuse. Lana se balance doucement, grave ces quelques instants dans sa mémoire. *Je suis sur scène avec Joan Baez*, songe-t-elle. Elle en a tant rêvé.

Elle frissonne, perd pied un instant : et si elle n'était pas à la hauteur ? Elle pourrait se ridiculiser, humilier la reine du folk. *Why are we here ? Why am I here ?* Elle est là, sur scène, parce qu'elle ne sait rien faire d'autre que cela : écrire des mots, leur donner corps. Les siens, ceux des autres. Être dans l'instant avec la conscience brûlante qu'au fond rien d'autre n'a d'importance.

Elle attrape le micro, saute dans le morceau comme à pieds joints. Sa voix et celle de Joan s'accordent parfaitement. Les spectateurs hurlent pour Lana. Peu d'entre eux savent qui est Joan Baez, mais ils vibrent aussi pour elle, conscients d'assister à quelque chose d'exceptionnel. Une rencontre entre deux géantes.

Le morceau achevé, elles s'embrassent, échangent quelques mots. Joan tend la guitare au technicien, elle semble prête à quitter la scène, mais Lana lui lance : « Et maintenant, que fait-on ? » La guitare lui revient. Lana se retire et Joan interprète seule dans la lumière le morceau *Don't Think Twice, It's All Right.*

Lorsque le concert reprend son cours, l'ambiance n'est plus tout à fait la même. Lana ne saurait dire en quoi, mais le public a une écoute différente. Plus dense. Plus attentive. Les adolescents ont découvert

Joan Baez et ils ne seront plus jamais les mêmes. *Voilà pourquoi je suis là : pour changer les regards.*

Le concert s'achève, suivi de rappels. Lana interprète trois titres supplémentaires, puis un quatrième. Elle déteste ce moment où le public essaie de la retenir, voudrait toujours une chanson de plus, « une autre, une autre ! » ; elle aimerait tant prolonger le partage. Mettre un terme à la soirée est toujours une trahison, mais elle a appris à le faire correctement. Elle sait identifier le léger fléchissement des applaudissements, cet instant où la fatigue s'empare même des plus grands fans, ceux présents depuis le début d'après-midi, épuisés, en dépit de l'adrénaline et des boissons énergisantes, d'avoir attendu des heures debout.

Elle quitte la scène avec douceur. Ramasse les fleurs qu'on lui a jetées, envoie des baisers. L'amour de ces inconnus la bouleverse et la terrifie à la fois. Elle n'est pas dupe. Ce n'est pas Elizabeth, la fille de Lake Placid, qu'ils adulent, mais la créature qu'elle a créée pour eux, Lana Del Rey. Si elle n'y prend pas garde, ils pourraient la détruire. Comme ils ont détruit Amy, Marilyn, Jean Seberg. Elle rejoint l'ombre des loges avec le sentiment du devoir accompli.

La vie, maintenant.

La vraie, celle derrière les paillettes et les projecteurs, c'est-à-dire avec les personnes qu'elle aime. Elles ne sont pas si nombreuses : Chuck, Charlie, ses parents, Mike, Carole, ses amies Nath et Julia, avec qui elle a renoué sous le soleil de Californie. Mais ce cercle s'est élargi ces derniers jours. Joan, Jasmine, Gabriel. Elle les connaît à peine, mais elle les aime déjà comme des membres de sa famille. Comment le leur dire sans qu'ils la prennent pour une folle ? Mieux vaut se taire.

Voilà ce à quoi elle pense lorsque Jasmine la rejoint dans les loges pour interpréter l'une de ses compositions. Lana a promis de l'écouter. La jeune fille échange un regard complice avec sa grand-mère et se lance, sans hésiter. Son morceau folk parle d'une histoire d'amour déçue. Sa voix est douce, maîtrisée. Lana ne peut retenir une larme. Parce que la confiance et la spontanéité de Jasmine la touchent. Parce qu'elle n'en revient pas d'être là, parmi les Baez. Les émotions tempêtant en elle à cet instant sont si puissantes que ses mains tremblent. Alors, elle ferme les yeux pour les enfouir le plus loin possible en elle. Quand Lizzy perd pied, Lana prend le relais – elle sait toujours quoi dire, quoi faire, tel est le privilège des personnages de fiction.

— Jasmine, c'est parfait, dit-elle. Ton morceau, ta voix. Continue de travailler : tu as tout ce qu'il faut.

Il est près de trois heures du matin lorsqu'ils se décident enfin à partir. Jasmine somnole sur un canapé. Gabriel est pris dans une discussion passionnée avec le pianiste à propos d'un musicien malien dont personne d'autre qu'eux n'a entendu parler. Joan les écoute distraitement, tout en enfilant sa veste. Lana aimerait prolonger encore un peu la soirée, alors elle se lève et lance : « Et maintenant, on va danser ? » Elle entame quelques mouvements exagérément déhanchés, convaincue que ses nouveaux amis la suivront. Mais elle est seule à se trémousser. Elle arrête lorsqu'elle réalise que tous les regards sont posés sur elle, amusés. Fatigués.

Elle rit nerveusement, bégaie quelques mots incompréhensibles, s'en veut. *Tu es ridicule, tu vas tout gâcher.* Joan la fixe avec intensité. Voilà, elle m'a percée à jour, appréhende Lana. À n'en pas douter, la reine du folk voit soudain clair dans son jeu, celui de la gamine de Lake Placid qui prétend être celle qu'elle n'est pas, qui pourchasse des rêves plus grands qu'elle. Pathétique.

— Les voitures sont arrivées, elles nous attendent devant les portes, annonce Hannah.

Lana se précipite dehors, la gorge serrée, pétrie de doutes. Jasmine s'installe à côté d'elle, laisse aussitôt tomber la tête sur son épaule, où elle s'assoupit. Cela la rassure un peu. Joan et Gabriel sont montés dans l'autre véhicule. Que pensent-ils d'elle ?

Leurs regards se croisent à travers les fenêtres. Joan la fixe toujours avec la même intensité. Lana n'y ressent aucune malveillance : il s'agit de quelque chose d'un autre ordre. Une révélation peut-être. Mais après tout, qu'en sait-elle ?

— J'aimerais vous demander quelque chose qui pourrait vous sembler un peu étrange, avance-t-elle, tandis qu'ils quittent les voitures pour rejoindre la maison.

Tous lèvent vers elle un sourcil étonné. Elle poursuit :

— Cette nuit, j'aimerais dormir en haut, dans la cabane des arbres. Joan, m'y autorises-tu ?

Celle-ci éclate d'un rire cascade, tout en acquiesçant.

Lana se détend. Son instinct lui souffle que leur histoire n'est pas terminée.

2014, New York

Dans le hall, aucun indice ne laisse présager qu'un individu s'est introduit là quelques heures plus tôt, s'est faufilé jusqu'au quatrième étage et a forcé la porte de l'appartement de Lana. Pourtant, celle-ci pressent que quelque chose cloche à l'instant où elle pénètre dans l'immeuble. L'air est plus épais. Chargé d'ondes mauvaises. Tessa dirait : « La sorcière en toi devine ce genre de drames. »

Elle court dans les escaliers, découvre la porte entrouverte, pénètre dans son appartement sans même penser à prévenir la police. L'intérieur du salon est à première vue intact. Une illusion. Elle remarque rapidement que la photo d'elle et Chuck accrochée au mur, toujours un peu penchée car elle l'aime ainsi, est désormais parfaitement alignée avec le sol. Les trois tasses à café traînant depuis des jours dans l'évier ont été lavées. La robe de chambre qu'elle a abandonnée peu après son réveil sur la chaise du salon a disparu. Le plaid sur le canapé est plié au carré – elle ne se donne jamais la peine de le mettre en ordre. Quelqu'un est entré chez elle, a touché ses vêtements, son mobilier, sa vaisselle. Des rognures d'ongles trônent sur un coin de la table, telle une offrande étrange et malsaine. Leur vue lui donne la nausée.

Quelqu'un est entré chez moi
Quelqu'un est entré
Quelqu'un
Un homme

À aucune seconde elle n'envisage qu'il puisse s'agir d'une femme et la perspective de cette présence masculine la terrifie un peu plus encore. Sa tête bourdonne. Des points lumineux dansent devant ses yeux ; elle redoute de faire un malaise. Pourquoi a-t-il lavé sa vaisselle sale ? Pourquoi ces restes d'ongles ? Et s'il était encore dans l'appartement ? Elle se précipite derrière le canapé pour s'y cacher. Elle reste un long moment plaquée au sol, immobile, guettant le moindre bruit. L'appartement est silencieux. Soulagement. Elle envisage d'appeler la police – mais la batterie de son téléphone, resté dans le sac à main qu'elle a laissé près de l'entrée, est à plat. Qu'importe, il n'y a plus d'urgence : elle est désormais convaincue d'être seule. L'intrus est parti. Une statistique surprenante, lue quelque part dans la presse, lui revient à l'esprit : les cambriolages durent à peine trois minutes en moyenne. Or, voilà bien un quart d'heure qu'elle se cache derrière le canapé. Elle reste malgré tout allongée là un long moment encore, le temps de reprendre ses esprits, puis sort.

Elle repositionne la photo de Chuck et elle sur le mur, un peu penchée, comme elle l'aime. Déplie le plaid et le jette en vrac sur le fauteuil à bascule où elle bouquine le soir. Se précipite vers la poubelle, l'approche de la table pour y faire tomber les rognures d'ongles à l'aide d'un essuie-tout, puis regrette aussitôt son geste : la police aurait pu les analyser afin d'identifier l'indésirable. « Arrête de délirer, on n'est pas dans les experts », murmure-t-elle. La justice ne lance pas de tests ADN pour une simple affaire d'effraction. Elle rit d'elle-même, se résout à explorer les autres pièces avant de contacter le commissariat.

Elle entre dans la chambre, se fige : un garçon se tient là, debout devant sa coiffeuse. Dix-huit, dix-neuf ans peut-être. Il porte sa robe de chambre. A utilisé son eyeliner et son mascara pour maquiller ses yeux. Il se tourne doucement vers elle :

— Bonjour Lana.

Elle était pourtant persuadée que l'appartement était vide. Elle recule, tétanisée. Il tend la main dans sa direction, avance d'un pas.

— Nous nous ressemblons, n'est-ce pas ? ajoute-t-il. Toi et moi, nous sommes jumeaux.

Depuis combien de temps se tient-il là, en silence ? Savait-il qu'elle était juste de l'autre côté, l'a-t-il entendue rire ? Elle regrette de s'être montrée si peu prudente. Elle n'aurait jamais dû mettre les pieds dans l'appartement.

Il n'a pas l'air très fort, elle a appris les gestes d'autodéfense lors de cours de krav-maga : si elle voulait, elle pourrait l'immobiliser d'un geste, mais elle est incapable de bouger. Ses muscles sont comme paralysés. Que va-t-il faire d'elle ? Il pourrait la violer. La torturer. Il pourrait découper son corps pour en conserver des parties, les congeler ou les mettre en bocaux, comme un fétichiste.

— Est-ce que tu peux chanter pour moi, Lana ?

Elle pense à Chuck, à Charlie, à ses parents. Elle voudrait hurler, mais aucun son ne sort de sa bouche.

— Chante pour moi, Lana, comme tu l'as toujours fait.

Il pose les mains sur ses épaules et l'assoit de force sur le lit. Glisse un doigt sous son menton pour lui relever la tête et la contraindre à le regarder. Ses yeux sombres ont quelque chose de doux et fou à la fois, *comme ceux de Jack Nicholson, au début de* Shining, *avant que l'hôtel hanté ne lui fasse perdre la raison*, songe-t-elle avec effroi.

— Tsss, qu'est-ce que c'est que cette vilaine peau, ajoute-t-il, approchant un peu plus encore son visage du sien. Tu ne prends pas assez soin de toi, ma Lana. Rassure-toi, je vais m'en occuper.

Il se retourne en chantonnant le refrain de son tube *Born to Die* :

Let me kiss you hard in the pouring rain
You like your girls insane
So choose your last words, this is the last time
'Cause you and I, we were born to die

Il pioche dans son maquillage puis s'agenouille auprès d'elle.

— Voyons, voyons, tu sais pourtant que l'excès de sucre fait sortir les boutons.

Il presse le tube de fond de teint, en recueille une noisette sur son index et l'étale sur le visage de Lana avec une infinie précaution. Elle serre les dents sans le quitter des yeux. *You and I were born to die.* Les tuer tous les deux : est-ce ce qu'il a en tête ?

Il applique ensuite une crème hydratante sur ses joues, commentant tout haut ses gestes : « Pardon ma chérie, j'aurais dû commencer par cela », saupoudre un peu de correcteur sur ses cernes, rit comme s'ils étaient deux bons amis partageant un moment chaleureux, « tu te souviens de tes premières scènes à New York ? J'ai retrouvé les vidéos en ligne, ça n'allait pas du tout ! Beaucoup trop d'eyeliner, les sourcils trop épilés. C'est Chuck qui te massacrait comme ça ? Tu n'as plus besoin d'elle, maintenant, je suis là ».

Lana ferme les yeux, tente de masquer la panique grondant en elle. Il a fouillé les archives du web pour retrouver de vieilles images d'elle, a enquêté sur sa vie. Jusqu'à quel point ? Avec lenteur, il dépose du fard sur ses paupières à l'aide de sa main droite, tandis que la gauche est placée sur sa gorge. Les minutes s'étirent. Presque imperceptiblement, il resserre peu à peu son étreinte autour de son cou. *You and I were born to die.*

Elle ferme les yeux un peu plus fort, lutte contre les larmes roulant derrière ses paupières. Elle ne veut pas mourir ici, comme ça. « Lana Del Rey retrouvée morte chez elle, assassinée par un fan dérangé. »

— Lana Lana Lana.

Il approche encore, frôle sa joue du bout des doigts.

— Reculez immédiatement !

Tous les deux sursautent. Lana n'a pas entendu les policiers entrer dans la pièce, l'intrus non plus. Deux de ses voisins ont appelé le poste lorsqu'ils ont aperçu la porte ouverte. Plus tard, elle se dira qu'elle leur doit la vie. À cet instant, elle garde les paupières closes, sursaute encore lorsque l'un des agents la saisit par les épaules pour la tirer en arrière. Elle se laisse faire comme une poupée. Un autre aboie contre le garçon : « À terre ! »

Elle ne rouvre les yeux que lorsque les policiers embarquent son agresseur. « Tout va bien, mademoiselle ? »

Chuck passe la récupérer au poste deux heures plus tard, après sa déposition. Des paparazzis font le pied de grue devant l'entrée lorsqu'elles sortent : « Lana, Lana, vous allez bien ? Vous connaissiez cet homme ? Que vous a-t-il fait ? »

Elle ignore qui les a informés. Elle les hait tous ; imaginent-ils vraiment qu'elle va leur répondre pour leur livrer des détails crus, « il a respiré mes petites culottes et joui dans les draps », qu'elle prend au sérieux leur sollicitude en toc, « Lana, Lana, on est avec toi ! » ? La vérité, c'est qu'ils sont aussi dérangés que le fan qui a enfilé sa robe de chambre. S'ils pouvaient, ils la dévoreraient sur place, toute nue.

— Chuck, je n'en peux plus de cette ville.

Elle s'installe chez sa sœur. Les jours suivants, elle est incapable de retourner dans l'appartement. Chuck y va pour elle, rassemble des affaires, les lave intégralement avant de les lui rapporter. Elle les refuse.

— Je ne veux plus rien de ce qu'il a touché. Donne tout à des associations.

Chuck tente de la raisonner, « tu ne peux pas le laisser gagner, tu dois dominer ta peur », mais elle ne comprend pas : il ne s'agit pas de peur. Le problème est l'air, désormais. Les effluves nauséabonds qu'il charrie dans son quartier comme dans tout New York. Partout, l'acidité attaque sa peau. La ville entière est devenue toxique. Ici, elle ne peut plus respirer. Les propos que Tessa Di Pietro lui a tenus il y a quelque temps, lors de sa dernière visite, lui reviennent : « Quand tu apercevras le garçon perdu, tu sauras qu'il est temps de partir vers la lumière. Il faudra le faire immédiatement, sinon les monstres te rattraperont. » Une fois de plus, l'étrange femme du 58 *bis* a vu juste. C'est une question de survie : il lui faut partir. Fuir l'ombre pour aller du côté de la vie. Chercher la lumière.

Deux semaines après le cambriolage, elle décide de déménager pour Los Angeles.

Adieu
Les ténèbres
La promiscuité
Les fans fous furies fauves féroces fatals fléau
Fini
À moi la Californie.

2014, *Ultraviolence*

« Un mélange quasi transgressif de passivité désespérée et de sexualité coquette traverse les chansons. »

2015, *Honeymoon*

« Un disque habité de mélodies virtuoses, mais dont la langueur se transforme parfois en longueur. »

2017, *Lust for Life*

« Lana Del Rey revient aux sources sur un album lumineux ; la Californie a permis à la chanteuse de se régénérer, de retrouver une certaine forme d'innocence. »

2017, Los Angeles

Elles sont allongées là depuis si longtemps que la température de leur peau est désormais proche de celle du sable brûlant. Chuck appelle cela « le point de fusion ». « Lorsqu'il est atteint, tu peux courir sur la plage sans te cramer les doigts de pieds car ton corps a la même chaleur que le sable. C'est moins douloureux et c'est infiniment plus sexy ! » Chuck a des théories sur tout et Lana adore ça.

— Les meufs, c'est une journée à serrer du beau gosse.

— Il y a intérêt, j'ai sorti le grand jeu : il n'y a plus un seul poil sur mon corps et j'ai perdu deux kilos depuis juin !

Lana aime le parler cash de Nath et Julia, les deux amies d'enfance qu'elles ont retrouvées sur la plage de Malibu. Nath était dans la même classe que Chuck. Julia, qui avait reproché à Lana de trop se dénuder dans le clip de *Video Games*, est revenue vers elle quelques mois après en lui offrant des fleurs, « je suis désolée, j'ai réagi comme une prude et une idiote. J'ai quitté Lake Placid et tu sais quoi ? J'ai l'impression de vivre enfin ». Lana lui avait aussitôt pardonné. Elle sait trop bien à quel point l'atmosphère recluse des petites villes américaines peut vriller l'esprit de ses habitants – même celui d'une jeune femme prometteuse comme Julia.

Désormais, celle-ci partage un studio dans la banlieue de LA avec Nath, avec qui elle a lancé une chaîne de muffins vegans, et a enterré la petite fille modèle qu'elle était autrefois. Les deux colocataires se fichent que Lana soit une star. Auprès d'elles, leur amie jure comme un charretier, pète et rote fort sans craindre que l'info ne se retrouve dans la presse people. Souvent, elle note en douce certains de leurs échanges sur un carnet. Leurs expressions, le vocabulaire qu'elles emploient pour parler des hommes et leur liberté lui inspirent des morceaux. Ces filles-là sont le visage de l'Amérique qu'elle aime.

— Lana, j'espère que tu as mis de la crème, sinon tu finiras rouge comme une écrevisse, lui souffle Chuck.

— Bien sûr que j'en ai mis.

Enfin, peut-être. Elle ne sait plus. Le soleil entre en elle pour y faire place nette. Elle a si chaud, bu si peu d'eau qu'elle frôle l'insolation. Elle adore cet instant où son esprit se brouille, enivré par la lumière et le feu de Los Angeles. Elle regarde Nath et Julia, leur maillot de bain minuscule, leur bronzage immaculé. Elle aimerait que sa peau fusionne avec la leur. Ce serait beau, quatre filles enlacées sur la plage, déjouant les règles de la canicule qui impose aux corps de rester à bonne distance les uns des autres pour éviter de faire grimper un peu plus encore la température.

Nath et Julia luisent de transpiration. Chuck agite mollement son éventail devant son visage. Autour d'elles, les habitués font pareil : ils lézardent comme s'il était absolument normal et raisonnable de s'exposer ainsi sous le soleil de 15 heures, alors que les autorités ont recommandé de se calfeutrer chez soi, de s'hydrater beaucoup et de veiller sur les plus fragiles.

— J'emmerde le réchauffement climatique, dit Nath. Nos parents ont engendré cette saloperie en vivant comme des nababs. Nous, on va la subir, alors autant s'y habituer tout de suite, non ?

Elles rient. Lana se résout à boire un peu d'eau. Malgré la chaleur qui écrase son thorax, elle se sent bien. D'une certaine façon, elle a toujours été une fille de Los Angeles. La Californie, terre du rêve américain et du cinéma hollywoodien, coulait déjà dans son sang bien avant qu'elle ne s'installe dans le coin – sa face dorée comme son côté obscur. Tessa prétendrait sans doute qu'elle y a vécu dans une vie antérieure. Lana estime qu'il s'agit d'une question de lucidité. C'est ici que bat le vrai cœur de l'Amérique, pas à New York, qui n'est qu'un bout d'Europe bricolé à la sauce Nouveau Monde.

— J'ai chaud, on va nager ?

Sans attendre leur réponse, Chuck court se jeter d'un bond dans la mer. Tout ce qu'il ne faut pas faire si l'on veut éviter un choc hypothermique. Nath la rejoint. Julia ouvre un magazine féminin. À croire qu'elles ont toujours été ces filles saines au corps baigné de soleil, californiennes jusqu'au bout des ongles, alors qu'elles ont toutes grandi à l'ombre froide des forêts de Lake Placid.

Oui, Lana se sent bien en leur compagnie. Sans doute s'agit-il de ses meilleures amies et, pourtant, aucune d'elles ne soupçonne le vent mauvais qui caresse sa peau, se glisse entre ses cuisses et mordille ses tétons lorsqu'elle les observe. Toutes les trois voient en elle la gamine d'autrefois. Celle qui a réussi mais qui, au quotidien, est une fille comme les autres ; sans doute un peu trashy, mais pas plus que n'importe qui.

Non, elles ne savent pas.

Pour la folie.

Celle que Lana a si bien appris à cacher.

Ce secret enfoui en elle, les monstres où elle puise sa force mais qui menacent de l'engloutir si elle leur confie son être entier. Elle livre à chacun de ses proches une facette de sa personnalité mais aucun d'eux ne connaît le puzzle entier.

Sa folie, elle la réserve à Jack Antonoff, le chanteur compositeur guitariste de génie avec qui elle travaille pour son prochain album – « Ce sera la Californie mise en pistes, Lana, le mythe américain dynamité, mais avec une sourdine sublime ! » Depuis qu'elle l'a rencontré, deux ans plus tôt, il a tout appris d'elle. Lui seul sait ce dont elle est réellement capable. Elle s'étonne parfois de lui avoir accordé sa confiance aussi rapidement. Sans doute parce qu'elle a détecté chez lui le même besoin de franchir les lignes.

*

You can do it.

Elle ignore à qui appartient la voix qui lui souffle ces mots depuis qu'elle vit à Los Angeles. Au début, elle feignait de ne pas l'entendre. Puis elle a tenté de la faire taire, en la couvrant de musique tapageuse. En vain. Alors, désormais, elle se contente de lui obéir. Que risque-t-elle, au fond ?

You can do it, girl.

Chaque matin au réveil, la voix lui chuchote cette phrase tandis qu'elle avale son café, et rien ne lui semble impossible. La liberté la brûle de l'intérieur, telle une pulsion d'une intensité susceptible de la dévaster si elle ne se plie pas à ses désirs. Alors elle s'y soumet, et peu importe si cela la conduit parfois dans des coins étranges.

Pulsion : elle entre dans une herboristerie *new age* et goûte une nouvelle décoction hallucinogène à base de lianes ramenées d'Amérique centrale. Pulsion : elle se laisse embarquer par un ami d'ami assurant qu'elle doit absolument tester ce nouveau thé glacé qui fait fureur à Malibu. Pulsion : elle prend sa voiture à deux heures du matin, rejoint le quartier des studios de cinéma où les tournages s'activent encore, traverse Hollywood Boulevard, gagne le coin des ghettos où on lui a mille fois conseillé de ne jamais mettre les pieds – *un coupe-gorge, les filles comme toi s'y font violer.* Elle s'arrête dans un boui-boui cuisinant des tacos vingt-quatre heures sur vingt-quatre, parle en espagnol avec les gars auprès de qui elle avale quelques fritures grasses. Elle n'a pas peur. Ils sont plus intimidés qu'elle. Elle leur raconte n'importe quoi sur sa vie, *je suis serveuse un peu plus haut sur le Boulevard, je viens d'arriver d'Europe, ça ne se voit pas mais ma mère est mexicaine.* Après quelques bières, ils finissent toujours par l'adopter. Personne ne la reconnaît, jamais.

Parfois, la peau de l'un d'entre eux l'attire. Une certaine odeur de musc et de sueur, mêlée à des effluves de cigarette ; cela la rend dingue. Parfois, elle suit un gars chez lui. Elle se remplit de son parfum, tel un vampire ajoutant un nouvel échantillon à sa collection sensorielle. Ce qui ne l'empêche pas de se montrer généreuse. Elle donne, plus qu'elle ne voudrait. Elle part au petit matin en laissant un faux numéro de téléphone sur la table de la cuisine.

À l'aube, elle roule jusqu'aux hauteurs de la ville, rejoint la forêt, s'approche des incendies qui rôdent, jamais loin, ombres planant sur la ville – un jour celle-ci sera engloutie par les flammes, c'est une certitude. Elle roule jusqu'à ce que la chaleur pénètre dans l'habitacle. Elle regarde le feu bien en face, fascinée, prête à l'épouser si un pompier ne venait pas frapper brutalement contre sa portière : « Qu'est-ce que vous foutez là ? Vous êtes folle ! Dégagez ! »

En vérité ce n'est pas elle qui est folle : c'est cette ville, LA. Folle LA, folle LA, folle, et Lana est accro à son délire.

— Tu aimeras tout de la Californie, avait dit Tessa Di Pietro lorsqu'elle lui avait rendu visite, juste avant de quitter New York.

Lana s'était tassée devant elle, avait grignoté l'un des gâteaux à la cannelle qu'elle lui avait tendus – elle le faisait désormais à chaque visite, c'était devenu une habitude. Déjà, elle se laissait envahir par une nostalgie douce en songeant qu'elle ne reverrait probablement jamais cette femme qui avait été pour elle une guide étrange.

— Bien sûr que si, nous nous reverrons, avait dit celle-ci, devinant ses pensées. Toutes les fois où tu as quitté le 58 *bis*, tu étais convaincue que tu n'y remettrais jamais les pieds. Mais tu es toujours revenue.

Trois chats avaient surgi de nulle part – ceux qu'elle avait aperçus lors de sa première visite – et étaient venus se frotter affectueusement contre ses jambes.

— C'est vrai. Je suis toujours revenue. Mais bientôt, je vivrai à l'autre bout du pays.

Comme à son habitude, Tessa avait conclu la discussion par une phrase étrange :

— Le rêveur, les boîtes de conserve brillant dans les éclats du soleil, les couloirs ramenant au point de départ et les ciels en feu : parce que tu y laisseras libre cours à ta folie, c'est à LA que tu comprendras que tout est lié.

Sans que Tessa demande rien, Lana avait une fois encore sorti un billet de vingt dollars, avant de filer dans le couloir enfumé d'encens menant à la sortie.

*

« Chaque fois que je t'appelle, tu es dans un endroit bizarre », lui dit Jack, un matin. « Est-ce que quelqu'un dans ton entourage a la moindre idée de qui tu es vraiment ? »

Jack est sans doute, avec Chuck et Tessa, celui qui l'a le plus percée à jour. Et pourtant, lui aussi ignore ce qu'elle est réellement venue chercher à Los Angeles : le vide. Celui du rêve américain. Celui de sa propre personne : une fille creuse, sans matière, une créature factice créée par les labels – on lui a tellement jeté ce portrait caricatural à la figure qu'une part d'elle a fini par y croire. Tant de haine, tant d'incompréhension dans son sillage. Tant d'amour aussi, de vénération, mais l'adoration des fans est une sangsue avide dont elle se méfie. Et s'ils avaient raison, les sales types de la presse musicale ? Et si Lana Del Rey n'était qu'une Barbie gonflée au plastique, sans substance et sans avenir ? Oui, non. Peut-être.

À New York, ce genre de pensées la rendait dingue. Pour ne pas s'éclater la tête contre les murs, il lui fallait trouver le vide. S'y dissoudre, afin d'oublier toute cette merde. Ne plus penser, saturer son esprit de sensations, de vertige, de n'importe quoi – sauf d'alcool –, peu importe : il s'agissait d'apaiser cette fureur, cette colère qu'elle éprouvait contre elle-même, pauvre fille assez stupide pour se livrer tout entière aux médias lors des premiers succès. Ils l'ont saignée comme une oie blanche. Des loups, tous. Elle sait pourtant de quoi les hommes sont capables. Elle l'a découvert il y a longtemps, un matin de brume claire, sur les lèvres ensanglantées d'une créature diaphane errant nue sur les trottoirs chics de Lake Placid.

Los Angeles devait être le terrain de sa perdition. Celui où elle sombrerait, comme tant d'autres. L'agression du fan dans son appartement lui avait fourni le prétexte idéal pour fuir New York. Mais, plutôt que de l'abrutir, ses errances dans la Cité des Anges ont apaisé son ire. Elles ont éveillé en elle un désir nouveau. En se laissant aller à ce qu'elle imaginait être une faiblesse, elle a découvert sa force. À s'enfoncer dans les bas-fonds de LA jusqu'à l'épuisement, elle pensait mourir. Au lieu de cela, la ville lui a offert une renaissance.

Je me réveille à l'aube, je conduis, le vertige me saisit.
Je m'abandonne à lui. Je vis.

Là où beaucoup ne voient qu'une cité tentaculaire et monstrueuse broyant les rêves des enfants sensibles, Lana a découvert une vérité : la lumière. Voilà ce qui est authentique, ici. Même lorsqu'un nuage de pollution surplombe la région, la lumière a cette texture identique à nulle autre, douce comme une crème de lait, parfumée de fleur d'oranger, jetant des paillettes d'or sur les vagues de Malibu.

You can do it, girl, just try. Trois ans qu'elle vit là et, un jour, elle l'a enfin compris : c'est elle, la lumière de LA, qui lui murmure ces mots étranges chaque matin.

Voilà pourquoi le cinéma américain est né dans cette ville. Voilà pourquoi tous ceux dont les rêves sont plus grands que le ciel continuent d'affluer ici. Pour la possibilité d'une liberté. Celle soufflée par la lumière.

Chuck dirait : « Pour cela, bien sûr, oui, les rêves et la liberté. Mais surtout, pour trouver le point de fusion sur une plage de Malibu. »

LA
Not quite the city that never sleeps
Not quite the city that wakes
But the city that dreams for sure
If by dreams you mean nightmares

LA
Tu n'es pas tout à fait la ville qui ne dort jamais
Ni celle qui s'éveille
Mais la ville qui ne cesse de rêver
Si par rêves tu entends cauchemars

2019, Californie

À presque quatre-vingts ans, elle n'a plus de comptes à rendre à personne. Pourtant, elle n'aime rien tant que se sauver de la maison en pleine nuit, comme une adolescente. Elle sort de sa chambre sur la pointe des pieds, dépasse celle de Jasmine en évitant les lattes les plus grinçantes du plancher et rejoint la véranda où elle enfile ses sandales. Elle ne dort plus beaucoup. Aucun d'eux n'imagine la double vie qu'elle mène après le coucher du soleil.

Le plus souvent, elle se promène dans la ferme, observe les poules assoupies, étudie les cratères de la lune aux jumelles ou s'allonge dans la forêt, à même le sol. Parfois, elle imite le hululement de la chouette qui a élu résidence au sommet du plus grand des chênes, celui où Gabriel et elle ont construit la cabane, s'assoit près du tronc, imagine les kilomètres qu'elle pourrait parcourir si elle avait le don de se muer en loup-garou. Ne plus avoir de limite autre que celle de ses sens surdéveloppés. Ne rien posséder, mais être reine de la forêt. Inspirer la peur, mais choisir de ne jamais être vue.

Elle se relève sans prendre la peine d'ôter les feuilles mortes accrochées à son pantalon et grimpe l'échelle menant à la cabane. Ses lombaires sont douloureuses. Ses genoux ne lui obéissent plus aussi bien qu'autrefois mais qu'importe : elle sait ce dont son corps est encore capable et ne va jamais au-delà.

À l'intérieur de la cabane, elle s'enroule dans la couverture rangée dans le coffre et se love près de la fenêtre. Elle a emporté le carnet noir de Lana avec elle, parcourt ses pages, saisit des bribes de vers au hasard.

Il y a sept mondes dans mes yeux
Je les visite tous à la fois

Écrire
C'est écouter le secret des heures sombres
Pour le transformer en or

L'univers existe
Dès lors qu'on l'envisage

Gabriel avait raison depuis le début : les textes de cette fille ont quelque chose. Comme les créatures nyctalopes, Lana sait voir au cœur de la nuit ce qui échappe aux autres. La subtilité se dissimulant parmi les brumes de la sorgue. La fête discrète qui, pour peu que l'on sache la distinguer, se tient dans l'obscurité. Elle transforme le secret des heures sombres en or. Lana est une grande poétesse, mais pas seulement : c'est une alchimiste. Est-il possible d'accomplir le même genre de prodige en peinture ?

Joan descend en prenant garde de ne rater aucun barreau de l'échelle et rejoint son atelier. Elle frotte ses mains engourdies par la fraîcheur nocturne, pose le carnet de Lana à côté de sa palette. Elle ferme les yeux. Fait le vide.

Être en mouvement. Chercher la vie. Emprunter les chemins de traverse, suivre les détours : depuis l'enfance, elle n'a jamais rien fait d'autre que cela.

Elle attrape un tube de noir, en étale directement, avec les doigts, sur le panneau de bois qui lui sert de toile. Elle dessine des cercles, des triangles, puis recouvre tout, multiplie les épaisseurs. Patauger ainsi dans l'ébène, à mains nues, lui procure un étrange soulagement. Une joie d'une nature inédite. Les rayons de lune pénétrant par la fenêtre jettent des éclats d'opale sur son travail. Une lumière étrange jaillit des reliefs épais de la matière étalée sur le bois. Le noir pur n'est pas réel ; il révèle des clartés sublimes à ceux qui savent y plonger sans réserve. *L'univers existe dès lors qu'on l'envisage.*

Elle sourit. Étale encore un peu de pigment sombre sur la toile. Ses épaules s'allègent d'un poids dont elle n'avait pas décelé la présence. Se tenir seule, ici, avec ses pinceaux, guetter le murmure des chênes et se moquer du reste du monde – les galeries, les critiques, les fans de Joan Baez : voilà ce qui compte. Le reste n'a aucune importance. Elle porte suffisamment de vies en elle pour tenir jusqu'à la fin des temps.

Demain matin, elle ira nager. Puis elle reprendra les portraits. Son prochain modèle s'impose avec évidence.

2018, Los Angeles

Un frôlement la réveille. Un effleurement presque imperceptible, l'évocation d'une caresse à laquelle elle n'aurait guère prêté attention si elle ne venait d'achever un rêve dont les contours s'évaporent dès qu'elle ouvre les paupières. Elle se redresse doucement et découvre un papillon posé sur sa main. La pleine lune diffuse une lumière pâle dans la chambre, lui permettant de distinguer nettement ses grandes ailes noires, à demi ouvertes.

Elle retient son souffle, l'observe un long moment, avec étonnement. Elle ne connaît pas grand-chose aux insectes, mais elle n'a jamais vu de papillon aussi sombre. Une telle créature ne peut pas exister, songe-t-elle, du moins, pas naturellement. Au lycée, ils avaient appris l'histoire de la phalène du bouleau britannique qui, au milieu du XIXe siècle, perdit sa coloration blanche pour devenir noire : une mutation lui avait permis de s'adapter à la pollution industrielle des usines qui carburaient au charbon autour de Londres et fonçaient le tronc des arbres composant son habitat.

Ce papillon-là est plus majestueux qu'une phalène ; il a des allures de grand monarque. S'agit-il d'une nouvelle mutation ? De nouveaux papillons se sont-ils adaptés aux restes de troncs calcinés des forêts californiennes parties en fumée ? Elle se redresse légèrement pour l'observer de plus près. Il s'envole aussitôt et s'échappe par la fenêtre entrouverte.

Le réveil indique cinq heures du matin. L'aube ne va pas tarder à poindre derrière les collines de LA, jetant ses nuances pourpres sur la ville des lumières. Cette perspective, le spectacle rougeoyant de l'aurore, éveille en elle un appétit soudain. Elle saute du lit, s'étire, ouvre le frigo qu'elle sait pourtant vide en quête de quelque chose à grignoter. Elle a faim. Soif. Ses sens sont à l'affût, tendus vers un désir dont elle ignore la nature. Le papillon noir lui a-t-il insufflé quelque mal étrange ?

Un milk-shake : voilà ce qu'il lui faut. Un énorme milk-shake à la vanille, du genre à caler l'estomac pour quatre bonnes heures, comme ceux qu'elle servait au *diner*, ou qu'elle sirotait doucement lorsqu'elle sortait la bûche d'Helen, en rêvant d'une histoire d'amour avec le discret serveur.

Elle saute dans un jean, enfile un tee-shirt, dissimule ses cheveux sous une casquette noire et file vers le garage.

Un feu nouveau couve en moi
Un empressement
L'intuition

Elle est gaie, excitée, comme si elle courait vers un rendez-vous amoureux. Le milk-shake à la vanille est précisément ce dont elle avait besoin depuis des jours, sans le savoir. Bien sûr ! C'est fou, c'est un peu absurde. La vie est parfois aussi simple que cela.

Elle roule un peu trop vite pour rejoindre l'un de ces *diners* poisseux ouverts toute la nuit sur les boulevards. Elle en choisit un au hasard, The Drifters, parce que ce nom lui semble particulièrement adapté au moment, et parce que sa vitrine donne sur la colline où le soleil commence à percer. Elle chausse ses lunettes noires, s'installe sur l'une des banquettes en skaï près du bar. L'endroit est désert. Une serveuse aux faux airs de Kathy Bates lui apporte sa commande. Lana se cale au fond de la banquette, prête à accueillir le spectacle.

Des rayons violines pointent à l'horizon. L'étrangeté propre à la nuit se retire doucement pour laisser place à la dureté matinale. Pendant quelques minutes encore, une demi-heure tout au plus, le ciel restera dans l'entre-deux, ni jour ni nuit. L'instant suspendu où tout est possible, où la porte des songes s'entrouvre pour laisser surgir ses créatures dans le monde des hommes, rêve Lana en aspirant une large gorgée de milk-shake par la paille. La boisson lui glace les sinus. Elle adore cette sensation de gel intérieur, comme une petite mort, avant que la chaleur du sang ne pulse à nouveau dans ses narines. Elle laisse échapper un rire discret en pensant à son ami Jack. Lui ne serait pas surpris de la découvrir là, à 5 h 30 du matin, à se siffler un énorme verre de lait glacé dans une gargote baptisée The Drifters.

— Tu es folle.
— Je sais.

C'est alors qu'elle la voit. À quelques mètres de la vitrine, s'apprêtant à traverser la rue pour rejoindre sa voiture : une femme aux longs cheveux bruns, teint diaphane et lèvres épaisses. Ce visage fin serti de pommettes hautes, ces yeux immenses, cette façon de se balancer légèrement à droite lorsqu'elle marche : Lana est certaine de reconnaître la dame écarlate de Lake Placid. La probabilité qu'elle la retrouve ici, sur un boulevard quelconque, à cette heure étrange où les noctambules enivrés croisent les travailleurs du matin, est mince, mais pas nulle. Ceux qui poursuivent le rêve américain finissent toujours dans la Cité des Anges.

Lana plaque un billet de cinq dollars sur la table, salue la serveuse d'un signe de la tête, monte dans sa voiture sans perdre de vue la dame écarlate, sur le point de démarrer la sienne. Elle n'a jamais filé quelqu'un dans les rues de LA, est-ce aussi facile que dans le métro new-yorkais ?

Elle colle au vieux pick-up Ford de la dame écarlate, sans prendre la peine de maintenir une distance suffisante pour qu'elle ne la repère pas. Au contraire : elle désire que la femme la voie. Elle ôte ses lunettes noires, se rapproche un peu plus encore. Elle pourrait klaxonner, lui faire signe de s'arrêter – pour sûr, celle-ci obéirait, ce n'est pas tous les jours qu'on aperçoit Lana Del Rey dans son rétroviseur ! Mais quelque chose la retient. Un désir, encore : celui de découvrir où la dame écarlate se rend. Où habite-t-elle ? Quel genre de vie s'est-elle construite après avoir fui Lake Placid ?

Au fil des ans, Lana a tout imaginé à son propos. Elle était une femme battue par son mari, un riche banquier séducteur et manipulateur. Elle était l'héritière d'une grande fortune, séquestrée par un père possessif qui refusait de la voir faire sa vie avec le menuisier dont elle était tombée éperdument amoureuse. Elle était la fille bipolaire et hors mariage d'une députée conservatrice qui refusait qu'elle se montre en public. Oui, la dame écarlate était malheureuse. Mais c'est du passé, désormais, car après l'épisode du trottoir, elle a pris son envol, s'est libérée de sa cage dorée de Lake Placid pour traverser le pays, en bus, en avion ou en suivant un inconnu proposant de la prendre en stop. La voilà libre de réinventer sa vie. De réécrire son passé à sa guise et d'imaginer son avenir.

Le pick-up accélère, rejoint Mulholland Drive, la fameuse route serpentant sur la colline d'Hollywood. Au-dessus des véhicules, le soleil de l'aurore dessine des langues d'ambre sur la voûte céleste. Les nuages ondoient, traversés de vagues fauves, ils frémissent, tressautent, chahutés par un vent chaud. Mille nuances sanguines déchirent le ciel, comme si celui-ci était dévoré par les flammes. Et si c'était le cas ? Si les incendies décimant les forêts de Californie, de

Grèce, du Brésil et de Sibérie s'étendaient soudain à l'atmosphère, les hommes seraient-ils capables de les distinguer ? Se contenteraient-ils d'affirmer que « c'est impossible » et de regarder ailleurs – mais où ?

La voiture de la dame écarlate se gare devant une villa dissimulée par de hautes barrières en fer forgé. Lana s'arrête un peu plus loin. La femme sort, tape un code au portail, entre en laissant celui-ci ouvert derrière elle. Est-ce une invitation à la suivre ? Lana fonce avant qu'il ne se referme, a juste le temps d'apercevoir l'autre se glisser dans la maison en laissant, là encore, la porte ouverte.

À l'intérieur, le salon est vide. La pièce est immense et lumineuse, grâce à la verrière donnant vue sur un vaste jardin verdoyant. Une coupe de fruits trône sur l'îlot de la cuisine. Les murs sont d'un blanc éclatant, tout comme le canapé, planté devant l'un de ces poêles design moins destinés à chauffer la pièce qu'à lui apporter une touche de chaleur décorative. Derrière, le mur est tapissé de livres. Une villa de rêve, probablement créée par un architecte d'intérieur. N'importe qui se damnerait pour vivre ici, songe Lana. Pourtant, l'endroit lui inspire un vague malaise. Tout est trop propre. Trop parfait. Comme si la maison n'était pas vraiment habitée. La dame écarlate est-elle agente immobilière ?

Lana rejoint l'escalier blanc menant à l'étage, sur la pointe des pieds. L'autre est forcément en haut. Que lui dira-t-elle lorsqu'elle tombera nez à nez avec elle ? Elle explore les quatre chambres, une à une. Couettes parfaitement tirées sur les lits, chaussons alignés près des tables de nuit, penderies vides. Partout, la même perfection factice. Elle a le sentiment de se promener dans un catalogue de décoration. Dans les trois salles de bains, des flacons de savon et crèmes pour le corps, comme ceux des grands hôtels, habillent les lavabos étincelants, vierges de toute trace de tartre, d'éclaboussures, de restes de dentifrice ou de cheveux susceptibles d'indiquer une présence humaine.

Lorsqu'elle a terminé son exploration, Lana redescend au rez-de-chaussée : à l'évidence, la dame écarlate n'est déjà plus là. A-t-elle rejoint le sous-sol ? Quitté la villa lorsque Lana était en haut ? Elle fouille à nouveau le salon-cuisine, les toilettes, ne découvre aucune porte menant vers une cave. Le jardin ? Avant de sortir par la véranda, elle aperçoit, en haut de la bibliothèque, un cadre de verre à l'intérieur duquel un papillon aux grandes ailes noires est épinglé. Le même que celui qui l'a tirée du sommeil un peu plus tôt. Elle attrape l'objet du bout des doigts. Qui peut aimer ce genre de trophée, un insecte mort épinglé dans une cage transparente, gonflé de produits chimiques pour permettre sa conservation ?

Morbide. Surtout lorsqu'on dispose d'un aussi vaste terrain, offrant la possibilité d'observer la faune locale à toute heure du jour et de la nuit. Lui prend soudain l'envie d'emmener le papillon à l'extérieur, de le libérer de sa prison stérile pour le rendre à la terre d'où il vient. À l'instant où elle sort, elle aperçoit de nouveau la dame écarlate, en contrebas du jardin, franchissant une petite porte recouverte de lierre. Lana fourre le cadre au papillon dans son sac à main, se hâte de la rejoindre. Elle s'engage à sa suite sur un sentier étroit cerné de buissons hérissés de ronces. Elle se prend les pieds dans une racine, manque de tomber, retrouve son équilibre de justesse. Elle ralentit le rythme en prenant le temps d'observer les arbres se dressant au-dessus d'elle. Des séquoias immenses, dont la frondaison épaisse protège le sol où fougères et herbes épineuses prospèrent dans une moiteur chaude.

La sente débouche sur une clairière dégagée. La lumière éblouit un instant Lana. Une dizaine de personnes sont rassemblées autour des restes d'un feu, allongées sur des couvertures. Des adolescents, les yeux à demi clos, récupérant de la fête qu'ils ont donnée ici la veille, suppose-t-elle. La clairière offre une vue plongeante sur Los Angeles, qui vibre déjà de la promesse d'un nouveau matin.

La dame écarlate n'est pas parmi eux. Par où a-t-elle filé ? A-t-elle bifurqué à droite, ou à gauche, un peu plus tôt, sans que Lana s'en aperçoive ? Pourtant, aucun sentier ne semble quitter cet endroit.

Découragée, elle rejoint le fond de la clairière, s'installe sur un rocher afin d'admirer la vue. L'incendie du ciel s'est éteint. Le bleu a repris ses droits sur le festival pourpre de l'aurore. L'heure des possibles est terminée.

Elle sort le cadre au papillon de son sac et le jette. Il explose sur la caillasse en contrebas. L'insecte libéré gît au sol, parmi les pierres. Elle observe à nouveau la ville s'étirant devant elle. Combien sont-ils à la rejoindre, le cœur rempli d'espoir, combien de laborieux prêts à tout donner pour voir leur nom en haut de l'affiche au moins une fois, même une toute petite affiche, dans un tout petit théâtre ? Cette énergie si particulière, la puissance de tous ces rêves cumulés, a-t-elle une influence sur la terre de Los Angeles ? Sur la mer, le ciel, sur les ondes traversant les corps ? En change-t-elle la substance ? Les nuits de LA sont-elles les mêmes qu'ailleurs ? Les esprits communiquent-ils d'une manière différente lorsque le silence discret de la nuit noire autorise l'improbable ? Lana aimerait savoir ce que Tessa dirait sur le sujet.

La femme qu'elle a suivie depuis The Drifters n'est probablement pas celle qu'elle imaginait. Sans doute ne reverra-t-elle jamais la dame écarlate, comme elle ne retrouvera jamais la trace de Parker. Peu importe. Ils sont les fantômes de son passé. Elle a mieux à faire, aujourd'hui : poursuivre les rêves de demain. Se fier à l'instinct la poussant à quitter son lit à cinq heures du matin pour aller boire un milk-shake à la vanille, expérimenter l'inconnu dans sa chair pour le transformer en chanson ou, mieux encore, en poème. Voilà son dessein. Le seul qui compte : la poésie. Être au monde comme une fille du soleil : libre.

Avant de quitter la clairière pour regagner sa voiture, elle jette un coup d'œil aux rochers où elle a jeté le cadre un peu plus tôt. Les éclats de verre éparpillés au sol scintillent dans le soleil du matin. Le papillon noir a disparu.

2019, Californie

Peindre est une histoire d'émotions et cette fille-là a réveillé en elle des mondes perdus. Une fougue joyeuse, une exaltation relevant de la pure joie enfantine : depuis combien de temps n'avait-elle pas vibré comme cela ? Elle a toujours su s'enthousiasmer, bien sûr. Mais elle est trop grave, trop consciente des maux rongeant la planète et le cœur des hommes pour être parfaitement présente à elle-même.

Peindre est une histoire d'expérience et cette créature-là lui a appris quelque chose de nouveau. Elle ignore quoi exactement et préfère ne pas chercher à le définir : les muses doivent conserver leur part de mystère.

Lana s'installe sur la chaise que Joan a installée pour elle dans le jardin, près de l'arbre à cabane. Elle est un peu raide. Timide. Joan rit : elle, timide, après ce qu'elles ont vécu ensemble ? Elle aimerait capter cela sur sa toile : cette pudeur. La beauté brute. Comment la mettre en couleur ? Sur sa palette, le blanc, le rouge, le bleu, le vert peinent à s'accorder, se chamaillent comme une fratrie d'enfants terribles. C'est à elle, l'artiste, d'y mettre de l'ordre – mais pas trop. La toile doit aussi conserver sa part de chaos : tel est le secret. Le graal qu'elle cherche à atteindre depuis qu'elle s'est mise à peindre.

L'ordre, le chaos, la joie. Un travail immense, pour parvenir à l'improvisation maîtrisée. La technique ne doit jamais être déployée pour elle-même, mais uniquement pour servir l'inspiration. Joan laisse le pinceau courir du blanc au rouge, taquiner subtilement le vert : la teinte de la peau est sans doute la plus difficile à définir. Elle recule, soupire. L'ensemble manque de lumière. Elle jette un chiffon à Lana pour que celle-ci ôte le maquillage de son visage : l'excès de noir autour de ses yeux est un obstacle à la vérité. Puis elle lui suggère de nouer ses cheveux afin de dégager sa nuque gracile.

Le jardin bruisse autour d'elles. Chacun de ses murmures insuffle à Joan la force qui lui manque, indique la marche à suivre au pinceau : faire confiance à la voix, donner du sens à chaque touche. Comme en musique, avec Gabriel : laisser place au silence et au vide. Ne pas chercher à les combler, jamais. Sur la toile comme sur scène, l'excès se paie cher. Seulement, la tentation est partout. L'alacrité de la végétation l'éblouit et l'attire. Résister à son invitation exige d'elle une volonté sans faille, une patience, aussi – les hibiscus insolents et les cactus embobelineurs sauront l'attendre. Elle étale du vert, du gris, du blanc autour du visage, les nuances du jardin se mélangent. Inutile de chercher le détail, c'est la justesse qu'elle désire atteindre.

Une bourrasque matinale soulève quelques herbes folles. L'une d'elles se coince dans la chevelure de Lana. Elle lui fait signe de ne pas l'ôter. Voilà, songe-t-elle. Maintenant, tout est en place. Elle n'a plus qu'à se lancer. Elle ne tente pas de peindre l'herbe mais, désormais, sa présence habite la toile. Son arrivée impromptue, le léger désordre qu'elle charrie, oui, la provocation de l'herbe s'invitant à la fête comme une sauvageonne, cette zizanie-là est au fond ce qu'elle a cherché toute sa vie, sur la route, sur scène, en s'emportant pour des causes, jamais au repos, cette secousse pour laquelle elle vibre et pour laquelle Lana vibre elle aussi, sœur imprévisible, cadeau d'un soir d'automne : la liberté.

Lorsqu'elles ont terminé, Joan invite Lana à rejoindre Jasmine dans la véranda, pour partager une citronnade. Ginger s'installe avec elles, sous la table, remuant joyeusement la queue. Elles dégustent la boisson fraîche, en silence. Joan pose une carte de visite sur la table.

— Bill Graham, un ami. Il est éditeur. Je lui ai envoyé une copie de ton carnet noir, il voudrait te rencontrer.

Lana sourit, émue. Un peu gênée. Ses poèmes publiés, elle aimerait tant y croire. Mais n'a-t-elle pas déjà reçu son quota de rêves accomplis ? Debout derrière Joan, Hannah ouvre distraitement une enveloppe puis aimante une nouvelle lettre de fan sur le frigo. La reine du folk se retourne pour la lire, tout comme Jasmine et Lana.

Sur un papier à en-tête du Big Tree Spa Hotel sont écrits les mots suivants :

Qui est le rêveur ?
Celui qui se remplit du monde
pour en faire poésie.

Notes de l'autrice et bibliographie

Si ce roman relate des faits biographiques, nombre d'éléments et de personnages sont le fruit de mon imagination, mis en mots avec une grande liberté.

Joan Baez a réellement peint le portrait de Lana Del Rey. Elles ont réellement chanté sur scène ensemble à Berkeley après avoir échangé dans le ranch de Joan.

À quelques exceptions près, les pensées et poèmes attribués à Elizabeth-Lana dans le texte sont des extraits de chansons de Lana Del Rey lorsqu'ils sont en anglais, et de son recueil de poésie *Violette sur l'herbe à la renverse* lorsqu'ils sont en français. Le premier dialogue avec Tessa Di Pietro est également inspiré de l'un des textes de ce merveilleux recueil, qui éclaire la puissance poétique de l'artiste.

Lana Del Rey cite régulièrement David Lynch comme une référence. Je me suis nourrie de l'univers du cinéaste pour bâtir une partie de l'intrigue et des personnages.

Lana Del Rey

Lana Del Rey, *Violette sur l'herbe à la renverse* [2020], traduit par Aurore Vincenti et Cécile Coulon, Seuil, 2022

F. A. Mannan, *Lana Del Rey : Her life in 94 songs. The early classics*, Eyewear Publishing, 2020

Je me suis également appuyée sur les nombreux articles de presse qui lui ont été consacrés depuis 2010. Citons entre autres, par ordre chronologique de parution :

Stéphane Davet, « Lana Del Rey, le talent derrière la rumeur », *Le Monde*, 9 novembre 2011

Tiphaine Lévy-Frébault, « Lana Del Rey, la dahlia noire », *Libération*, 3 décembre 2011

Paul Harris, « Lana Del Rey : The strange story of the star who rewrote her past », *The Guardian*, 21 janvier 2012

Jessica Hopper, « Deconstructing Lana Del Rey », *Spin*, 30 janvier 2012

Alex Frank, « Life, liberty, and the pursuit of happiness : A conversation with Lana Del Rey », *Pitchfork*, 19 juillet 2017

Stéphane Davet, « Le rêve américain selon Lana Del Rey », *Le Monde*, 6 septembre 2019

Roman Gokhman, « Lana Del Rey provides music history lesson at the Greek Theatre », *Riff Magazine*, 7 octobre 2019

Laura Snapes, « New rules : The destruction of the female pop role model », *The Guardian*, 25 novembre 2019

Jack Antonoff, « Who is Lana Del Rey ? », *Interview Magazine*, 8 septembre 2020

Sam Moore, « Lana Del Rey explains how she got Joan Baez to duet with her on "Diamonds & Rust" », *NME*, 11 septembre 2020

Victoria Segal, « Lana Del Rey, wild at heart », *MOJO, The Music Magazine*, n° 329, avril 2021

Louise Chennevière, « Lana Del Rey, l'Amérique en trompe-l'œil », *Bastille Magazine*, n° 1, décembre 2021

Jean-Daniel Beauvallet, « Lana Del Rey, liberté, spiritualité, authenticité », *Les Inrockuptibles*, n° 19, avril 2023

Joan Baez

The Joan Baez Song Book, Ryerson Music Publishers, 1971
Joan Baez, *And a Voice to Sing With : A memoir*, Simon & Schuster, 2009
Murielle Szac, *Joan Baez : « Non à l'injustice »*, Actes Sud junior, 2019
Elizabeth Thomson, *Joan Baez : The last leaf*, Palazzo Editions, 2020
Angie Martoccio, « Joan Baez on the 2020 election and painting portraits for social change », *Rolling Stone*, 2 novembre 2020
Stan Cuesta, *Joan Baez*, Hoëbeke/FIP, coll. « Les indociles », 2021
Elizabeth Thomson, *Joan Baez. Une icône rebelle*, traduit par Emmanuelle Guilcher, Le Castor astral, 2022

David Lynch

Nous sommes comme l'araignée.
Nous tissons notre vie puis nous
nous déplaçons sur la toile.
Nous sommes comme le rêveur qui
rêve et vit ensuite dans le rêve.
Ceci est vrai pour l'univers entier.
Les Upanishad

Dans *Mon histoire vraie*, David Lynch cite ces mots tirés des Upanishad, les textes philosophiques et religieux sur lesquels repose l'hindouisme. Ils sont l'une des sources d'inspiration et un fil rouge de son travail, que Pacôme

Thiellement, fin connaisseur du cinéaste, décrypte avec passion dans les écrits et vidéos qu'il lui consacre.

David Lynch et Chris Rodley, *Lynch on Lynch*, Faber & Faber, 2005
Éric Dufour, *David Lynch. Matière, temps et image*, Vrin, 2008
David Lynch, *Mon histoire vraie* [2006], traduit par Nicolas Richard, Sonatine, 2008
David Lynch et Kristine McKenna, *L'espace du rêve*, traduit par Carole Delporte et Johan-Frederik Hel Guedj, JC Lattès, 2018
Kristine McKenna et Stijn Huijts, *David Lynch : Someone Is in My House*, Prestel, 2018
Pacôme Thiellement, *Trois essais sur Twin Peaks*, PUF, 2018
Sans oublier *Twin Peaks* (son nain, sa femme à la bûche) et la production cinématographique de David Lynch.

Œuvres citées

Page 11 : extraits de *Violette sur l'herbe à la renverse.*
Page 23 : extrait du titre *When I Grow Up (To Be a Man)*, des Beach Boys, album *The Beach Boys Today !*, 1965.
Page 37 : extrait de *Violette sur l'herbe à la renverse.*
Page 48 : extrait du poème de Walt Whitman « Une heure pour la folie, pour la joie », publié dans *Feuilles d'herbe*, traduit par Jacques Darras, 2002.
Page 50 : extrait du poème d'Allen Ginsberg « Howl », publié dans *Howl and Other Poems*, 1956. Traduction : « J'ai vu les plus grands esprits de ma génération détruits par la folie, affamés hystériques nus » (traduit par Robert Cordier et Jean-Jacques Lebel, Christian Bourgois, 2005).
Pages 64-66 : extraits de *Violette sur l'herbe à la renverse.*

Page 67 : extrait de *Lynch on Lynch*, de David Lynch. Je traduis.

Pages 85-87 : extraits du titre *White Dress*, de Lana Del Rey (avec Jack Antonoff), album *Chemtrails Over the Country Club*, 2021.

Page 92 : extrait du titre *Yellow Brick Road*, d'Eminem, album *Encore*, 2004. Traduction : « Suivons la route pavée d'or, ainsi nous changerons d'épisode / Voyage avec moi pour que je puisse te faire traverser ce petit endroit idéal / Que j'avais autrefois l'habitude d'appeler mon chez-moi / […] Ma première année en troisième, je n'oublierai jamais cette journée d'école. »

Page 104 : extrait du titre *Diamonds and Rust*, de Joan Baez, album éponyme, 1975.

Pages 115-116 : extrait du titre *Like a Rolling Stone*, Bob Dylan, album *Highway 61 Revisited*, 1965.

Pages 119 à 121 : certaines phrases du dialogue entre Tessa Di Pietro et Lizzy-Lana sont extraites de *Violette sur l'herbe à la renverse.*

Page 123 : extrait de *Mon histoire vraie*, de David Lynch.

Page 131 : « Mon royaume contre un baiser / Rien qu'une seconde contre tes lèvres » : ces deux vers sont de moi, les trois suivants sont extraits de *Violette sur l'herbe à la renverse.*

Page 145 : extrait de *Violette sur l'herbe à la renverse.*

Page 148 : citation tirée de l'article de John McPhee « Folk singing : Sibyl with guitar », paru dans le *Times* du 23 novembre 1962, cité par Elizabeth Thomson dans l'ouvrage *Joan Baez. Une icône rebelle*, traduit par Emmanuelle Guilcher, Le Castor astral, 2022.

Page 161 : extrait des *Carnets intimes* [1982], de Sylvia Plath, traduit par Anouk Neuhoff, La Table ronde, 1991.

Pages 163-164 : extraits des titres *Back to Black* et *Rehab*, d'Amy Winehouse, album *Back to Black*, 2006.
Page 167 : extrait du titre *Video Games*, de Lana Del Rey, album *Born to Die*, 2012.
Page 171 : extrait du titre *Venice Bitch*, de Lana Del Rey, album *Norman Fucking Rockwell !*, 2019.
Pages 181-182 : extrait du titre *Dance Till We Die*, de Lana Del Rey, album *Chemtrails Over the Country Club*, 2021.
Page 201 : extrait de *Violette sur l'herbe à la renverse.*
Page 205 : extrait de *Violette sur l'herbe à la renverse* (mais la phrase « Cette vie n'en est pas une si nous n'empruntons jamais de détours » est de moi).
Page 233 : extrait de *Violette sur l'herbe à la renverse.*
Page 236 : extraits de *Violette sur l'herbe à la renverse*, à l'exception de la strophe « Écrire / C'est écouter le secret des heures sombres / Pour le transformer en or ».

REMERCIEMENTS

Merci à Adeline Fleury, éditrice, écrivaine et amie, qui a tout de suite vu une Audacieuse en Lana Del Rey.

Merci aux Pérégrines, Aude Chevrillon, Alice Peuvot, Constance Roche, qui m'ont soutenue dans cette nouvelle aventure.

De la même autrice :

Nous sommes faits d'orage, Les Léonides, 2025.
Les Mangeurs de nuit, L'Observatoire, 2023 ; Le Livre de Poche, 2024.
Qui a peur des vieilles ? (essai), Les Pérégrines, 2021 ; Le Livre de Poche, 2024.
Les Danseurs de l'aube, L'Observatoire, 2021 ; Le Livre de Poche, 2023.
Une nuit avec Jean Seberg, Fleuve éditions, 2018.
Je suis ici pour vaincre la nuit. Yo Laur (1879-1944), Fleuve éditions, 2017.
Les Enfants indociles, Rue Fromentin, 2016.
L'Enfant tombée des rêves, Plon, 2014 ; Pocket, 2016.
Une fois ne compte pas, Plon, 2010 ; Pocket, 2011.

PAPIER CERTIFIÉ

Le Livre de Poche s'engage pour l'environnement en réduisant l'empreinte carbone de ses livres. Celle de cet exemplaire est de :
150 g éq. CO_2
Rendez-vous sur www.livredepoche-durable.fr

Composition réalisée par MAURY-IMPRIMEUR

Achevé d'imprimer en France par
CPI BRODARD & TAUPIN (72200 La Flèche)
en octobre 2025
N° d'impression : 3062496
Dépôt légal 1re publication : novembre 2025
LIBRAIRIE GÉNÉRALE FRANÇAISE
21, rue du Montparnasse – 75298 Paris Cedex 06
marketing@livredepoche.com

20/5002/0